语文教材配套阅读 │ 课文作家作品系列
三年级上册 │ 王林／主编

HAIBIN XIAOCHENG

海滨小城

林遐／著

人民教育出版社
·北京·

责任编辑：殷婉莹

插　　画：付月

装帧设计：杨静

图书在版编目（CIP）数据

海滨小城 / 林遐著；王林主编． —北京：人民教育出版社，2024.5（2024.7 重印）
（课文作家作品系列）
ISBN 978-7-107-38371-7

Ⅰ.①海⋯　　Ⅱ.①林⋯②王⋯　　Ⅲ.①散文集 – 中国 – 当代　　Ⅳ.①I267

中国国家版本馆 CIP 数据核字（2024）第 095757 号

语文教材配套阅读　三年级　上册　海滨小城

出版发行　人民教育出版社
　　　　　（北京市海淀区中关村南大街 17 号院 1 号楼　邮编：100081）
网　　址　http://www.pep.com.cn
经　　销　全国新华书店
印　　刷　北京利丰雅高长城印刷有限公司
版　　次　2024年5月第 1 版
印　　次　2024年7月第 2 次印刷
开　　本　787 毫米 × 1 092 毫米　1/16
印　　张　8
字　　数　160 千字
定　　价　25.00 元

目录

海滨小城……………………… 1

小城的欢乐……………………… 4

水兵的梦……………………… 10

单纯……………………… 15

暮雨……………………… 20

落日……………………… 26

晨溪……………………… 33

花溪街记……………………… 41

迷人的路……………………… 50

养鸡记·······················60

秋颂·························72

墟晚·························80

大海·························87

赶海·························93

无言·························101

桥的联想·················110

作家和你面对面··············117
编后····················120

海滨小城

　　我的家乡在广东，是一座海滨小城。人们走到街道尽头，就可以看见浩瀚的大海。天是蓝的，海也是蓝的。海天交界的水平线上，有棕色的机帆船和银白色的军舰来来往往。天空飞翔着白色的、灰色的海鸥，还飘着跟海鸥一样颜色的云朵。

　　早晨，机帆船、军舰、海鸥、云朵，都被朝阳镀上了一层金黄色。帆船上的渔民，军舰上的战士，他们的脸和胳臂也镀上了一层金黄色。

　　海边是一片沙滩，沙滩上遍地是各种颜色、各种花纹的贝壳。这里的孩子见得多了，都不去理睬这些贝壳，贝壳只好寂寞地躺在那里。远处响起了汽笛声，那是出海捕鱼的船队回来了。船上满载着银光闪闪的鱼，还有青色的虾和蟹，金黄色的海螺。船队一靠岸，海滩上就喧闹起来。

　　小城里每一个庭院都栽了很多树。有桉树、椰子树、橄榄树、凤凰树，还有别的许多亚热带树

1

木。初夏，桉树叶子散发出来的香味，飘得满街满院都是。凤凰树开了花，开得那么热闹，小城好像笼罩在一片片红云中。

小城的公园更美。这里栽着许许多多榕树。一棵棵榕树就像一顶顶撑开的绿绒大伞，树叶密不透风，可以遮太阳、挡风雨。树下摆着石凳，每逢休息的日子，石凳上总是坐满了人。

　　小城的街道也美。除了沥青的大路，都是用细沙铺成的，踩上去咯吱咯吱地响，好像踩在沙滩上一样。人们把街道打扫得十分干净，甚至连一片落叶都没有。

　　这座海滨小城真是又美丽又整洁。

一九五七年五月于北海

小城的欢乐

　　五一劳动节那天，我从汕（shàn）头到滨海的一个小县城去。到县委会的时候，天已经傍黑儿了。几个县委领导都不在家，我安顿好行装后，就到街上去转。我想观赏一下这小城的风貌，想感受一下这小城的节日的气息。

　　一转到大街上，我就被这小城的欢乐的气氛迷住了。

　　这时候，晚霞还未从天际消逝，满街的灯光已经亮了起来。晚霞和灯光携起手来，用灿烂的色彩和明亮的光辉抵住黑暗。

　　街上红色的、绿色的庆祝五一节的标语，仍然迎着海风飘扬；广播一泻千里地播送着雄壮的音乐；人们像是从无数细小的河流里涌出来，汇集在这街的海洋里。

　　他们也许是刚刚参加了游览不久；他们也许是刚刚紧张地工作后下班不久；他们也许是由附近的

村庄里赶来的……他们都来了，穿着光鲜的衣服，梳洗得干干净净，拖着木屐（jī），满街上响着嗒嗒嗒的木屐声。你仔细听来，忽而像万马奔腾，忽而像海涛澎湃。这比喻虽然不大恰当，但是，那声势，那气魄，却是如此。总而言之，这木屐声和广播里的雄壮音乐声，再加上人们的说笑声、歌唱声，把这小城里唯一的大街闹得生气勃勃，真是一片节日的欢乐景象。

他们挤在电影院前面，挤在新华书店前面，挤在看报牌前面，在找寻娱乐，找寻知识，找寻最近国家的和天下的大事。

在大街的"尾巴"上，是一座百货商店的大楼，楼里楼外都亮极了。人们一会儿拥进去一堆，一会儿又拥出来一堆。他们有的去买自己需要的东西，有的只是去浏览一番，有的干脆就是去凑热闹——这从他们出来后的神色上就可以揣摩出来。这大楼，这大楼里来来往往、熙（xī）熙攘（rǎng）攘的人群，又凭空地给这座城添加了不少声势。

走到街外，就是一座小花园。说是花园，实际上就是通向郊区的路的两旁，用了四五亩的地方，栽置了很多花木，修建了两三间亭台，筑起了一座假山。但是，就是这样一座简单的小花园，由于它的繁花盛开，由于它和这样一条欢乐的街紧密地连接起来，由于今天游人倍增，由于夜空中飘荡的时而雄壮时而婉转的音乐，它显得异常生色。

这时候，晚霞早已隐去。夜已经越来越深，电灯的光却越来越亮了。放眼望去，整个小花园真称得起是"红深绿暗"。路两旁，一大株一大株的凤凰树，花朵正在盛开，像是晚霞都落在树顶上来驻息；相思树杂在凤凰树之间，静静地开着黄色的花朵，放出幽香；被修剪得很整齐的墙树，亭亭玉立开着白花的玉楼春，做了花园的篱笆。花园里花朵盛开着的花木，仅仅是我数得出名字的就有：海棠、雁来红、石榴、绣球、一丈红，再加上那些不知名的花，再加上像宝塔一样的圆柏矗（chù）立在它们中间，真是万紫千红、蔚为大观。

就是在这个花园里，那些农民和工人，三个一堆、五个一伙地在议论着这些花朵的特性、颜色；

那些女学生们，穿起最漂亮的衣服，到这里来和盛开的花朵比美；那些年老的人们，坐在假山旁，坐在亭子里，看着这欢乐的城和欢乐的人们，在赞叹着今天，追述着往事。

在花园的旁边，开着一爿（pán）"巾帼（guó）茶馆"。它卖茶，卖糕饼，还卖一角钱一碗的肉片汤粉和鱼片粥。那里面，人们的喧哗、锅碗碰撞的声音，不但未曾破坏花园里的"幽静"，反而平添了几分生意，更衬出节日的气氛。

"巾帼茶馆"对面，是县文化馆，现在正四门大开，里面挂满了红色的、绿色的灯。大厅两旁贴满了县立中学和工厂工人、郊区农民们画的画，但今天没人静得下心去欣赏。大厅里正响着旋律欢快的音乐，那些青年人围成一堆，舞作一团。小孩子们围在周围，一边看，一边拍手，一边高声大笑。

　　整个小城都沉浸在欢乐里了。

　　我趔（xué）回来，顺着花园向前走去，在花园的尽头，我看见一座高高的烈士纪念碑立在那里，浴在朦胧的银色的月光里。我借着月光，看出这是纪念参加解放南澎岛战役牺牲的民工的纪念碑。碑的背面刻着他们的名字。这时候，我听见飞机在这小城的上空盘旋；这时候，我感到海风使劲地吹来。这才使我的思想从一片欢乐中脱离出来。我想到我们的过去，不用说别的，就是这座小城，数十年前还是一座荒凉的城，还是一座处在水深火热中的城，然而它变得多么快啊，变得我们一下子都找不出它一点儿旧日的伤痕了。我想到我们多少战士正在保卫着我们的领海，我们的领空，我们的欢乐。就是在这欢乐的节日，他们仍旧驾着银燕翱（áo）翔在我们的天空，乘着舰艇驰骋（chěng）在我们的海上。

我不知不觉地走远了。当我走回来的时候，我才发现夜已很深。人们已经意兴阑（lán）珊，夜场的电影也已经散了。

我听见满街木屐声，像欢乐的潮声一样，渐渐远去。他们回到家里去了。明天早晨，他们将更加精力充沛地工作；明天晚上，这欢乐的潮水将更加澎湃地涌到街上来。

我站在十字街口久久不动。

祝福你们，欢乐的人们；祝福你，欢乐的小城。

一九五九年六月十日追记于石岐

水兵的梦

　　星空下，军舰在航行，大海在咆哮。才从岗位上换班下来的水兵，衣服也没有换，躺在床上，睡着了。

　　水兵的蓝白纹衬衫穿皱了，一条一条的，现在看上去像是无数只海鸥，它们一只一只地从水兵的心里飞出来，在翅膀上带着无数个梦。

　　海上的梦是有翅膀的，它可以飞得很远很远，超越空间和时间。

　　水兵梦见他的过去，他的金黄的初中学生时代。那时候，他对海存着多少幻想啊！在幻想中，海是朦胧的蓝色的，静得像面镜子，而且海上还有银白色的帆啊，像白帆一样白的海鸥啊……那时候，如果有人问他的志愿："你要到哪里去啊？"他会毫不犹豫地回答："到海上去！"

本文有删改。

当他应征入伍，穿起海军的服装时，他高兴极了。他一会儿背诵高尔基的《海燕》，一会儿又背诵普希金的《致大海》，差一点儿他自己就创作出

一首歌颂大海、热爱大海的诗来了。

但是，当他真正地走上军舰，乘风破浪地航行在我们的海上，成为海洋的守卫者的时候，他呕吐了。他吐饭，吐黄水，吐绿水，吐血，把他的心都要呕吐出来了啊！这时候，他先是后悔，后是害怕。每当海风初起，浪花飞溅，舰的倾侧度超过十五度的时候，他就怕起来。然而，越怕越吐，越吐越厉害……

也就是这个时候，从四面八方向他伸出来无数只温暖的手，向他投过来无数道鼓励带鞭策的目光。这些手、这些目光，拯救了他。它们形成了一股集体的力量，形成了一片不沉的湖水。舰上的政

治委员也吐得很厉害啊，却给他送来开水和饼干。他看见政治委员那张吐得焦黄的脸，又想起他臂上、胸上那些子弹的伤痕，不知道为什么满心激动，泪水夺眶而出，几乎要哭出声音来。他的班长，总是在风浪最大的时候出现在他的面前，给他端来漱口水，而且总是那么固执地要把他从工作岗位上替下来。然而，就是在这种时刻，他坚持下来了。他的心跳动着，他的眼里含着泪，他想起他的亲人的期望，他想起海岸上无限美好的祖国，他想起只有共产党才能培养出这些出色的军官和战士。他从这里获取了这么大的力量，于是，他胜利了。他战胜了风浪，战胜了呕吐。他最后终于真正地成为大海的主人，成为我们的海上守卫者。

即使在梦里，他仍旧守卫在他的岗位上。海在呼啸，舰在摇动，浪涛卷上甲板，他像铁人一样屹（yì）立在炮座旁边。他在乘风破浪前进。

就在这乘风破浪前进的当儿，他又梦到生育他、哺养他、充盈他整个童年时代的故乡了。那村前的小河仍是絮（xù）絮聒（guō）聒地流着，门前那棵老槐树仍在开着幽香的小花朵，老母鸡仍旧领着它的孩子们在树荫下找虫子吃，而放眼望去，平野千里，麦香扑鼻，故乡也正是五月夏天啊！麦子正要丰收了，它被南风摆弄着，左右飘舞，一片喧哗。这一望无边的麦浪，多像金黄色的海洋！

他又听到了母亲的笑声，那睽（kuí）违①了好久而又是多熟悉的笑声啊！笑得那么轻盈又那么温暖，他听出那笑声里有着太多的爱意和嘱托。他又看到弟弟和妹妹，他们正在桌子上摆弄着他从榆林港寄回来的贝壳。他们玩得那么聚精会神，直到他故意咳嗽了一声，他们才抬起头来，一看到他，都跳了起来，贝壳撒了满地。他们顾不得拾起这些宝贝就跑来拉住他的手，看他的白色的军装，看他的有飘带的帽子。忽然，弟弟像大梦初醒似的，攀住他的肩头嚷了起来："哥哥，给我们讲海的故事，讲贝壳的故事，讲榆林港的故事，讲你们海军打海盗的故事……"

军舰在航行着，生活在前进着，水兵的梦不

---

①睽违：分离；不在一起。

断地飞出翅膀。这些梦超越时间和空间，变幻着颜色，真是五彩缤纷、如花似锦啊！在他的梦里，有着多少献身的激情、巨大的爱和朴素的怀念！

这时候，月光从舱口射进来，露水开始降落到甲板上，浪花无息止地总想攀登上舰面窥（kuī）一窥我们的秘密。也就是这个时候，演习战斗警报响了。水兵一跃而起，他迅速地奔向炮位，脱下炮衣，炮口随着命令对着星空。他毫无睡意，尽管浪花汹涌，然而他站得像铸在那儿一样。他知道，他在守卫着一切，连同他自己的梦。

一九五七年八月榆林港初稿

一九五八年六月修改于广州

单纯

　　不久前，我回了一次莞（guǎn）城。说是回去，因为在七年前我曾经在那里工作过，和那里的人和物有着一种特殊的感情，每次去，都像回到阔别已久的家乡一样。

　　莞城比几年前可变多了。曲折坎坷的道路变得广阔平坦了；到处是垃圾、污水的大街小巷变得很清洁、很卫生了。那天傍晚，我到公园里去散步。这公园也变多了。我在的时候，这公园是荒芜的，到这里散一次步，就使得人心里怪不痛快、怪惆（chóu）怅（chàng）的。现在已经是修建一新了。这里有公园少不了的亭台楼榭（xiè），有曲曲折折被树木掩映着的"曲径通幽"……但是，这一次不知为什么，那大操场，那看来无边无际的草地却把我迷住了。骤然望去，一片绿，半丁点儿杂色也没

本文有删改。

有。这是一片浑然的整体，分不出谁高谁低，分不出谁深谁浅，它们一股劲儿地向天的涯际伸展，想去攀登那明澄的青天。这时候，正是满天彩色的云霞，而这片草地就像是一条宽广的、绿色的、通向天空的道路，和最低处、最远处那片嫣（yān）红色的云霞连在一起。

我坐在这草地前面的一张石凳上冥（míng）想起来。我在一个人自问自答地想问题：这草地可真美啊！为什么这么美？它美，因为它单纯。你看它，一样的颜色，不用说没有什么红色、黄色，就是这绿色，也是一般浓淡的。你看它，一样的高低，不用说没有什么参差不齐，就是一块绿毯，也没有它这么平整。不，这草地美，还因为它博大。你看它，胸怀坦荡，毫无块垒（lěi），更谈不上沟壑（hè）；你看它，无忧无虑，不存芥（jiè）蒂（dì），浩瀚无边，伸出无数只生命的手，攀向远方，攀向天的涯际，攀向云霞。对，这单纯与博大，正是这草地之所以美的原因。想到这里，我不禁哑然失笑了。再回过头去，看那郁郁苍苍的山峦，看那红绿相间的花朵，看那曲曲折折的山径，看那参差对立的亭榭，不知道为什么，我觉得它们今天傍晚都不美。我整个儿给这单纯而又博大的草地迷住了。

转天晚上，我去看华南歌舞团在莞城演出的《牛郎织女》。我受了感动。戏看得多了，不受感动已有一段时日，但是为什么这天晚上偏偏受了感动？戏演完后，歌舞团的同志问我观感，我不假思索地告诉他们，首先是因为这出戏符合舞剧的特点，它有很多动作上的美。在漫步回家的路上，我才意识到我刚才没有把我最应该讲的话讲出来。我应该告诉他们我受了感动，这感动不是因为别的，是因为饰演织女的演员表现出来的对爱情的那种单纯的、真挚的、不顾一切的追求。她不理解、也不理会在天地间有着多少阻拦，也不理解、不理会这天地间有着多少曲折。她可真是单纯极了，真挚极了，大胆极了。我推想，如果生活需要她拿出生命，她一定会毫不犹豫、毫不吝惜地拿出来的。这演员，把织女演得由头到尾都沉醉在真挚的爱情里，即使是在痛苦的时刻，她的脸上也是笼满了对幸福的爱情向往的微笑。从剧情发展，从织女这一人物性格的发展来看，她演得自然还不够深入。但是，就是那种单纯、真挚、大胆的神情却感动了我。我觉得，这正是我近两年来所缺乏的。当然，我指的是生活，是工作，而不是爱情。这是我们每个人都需要的啊！

这天晚上我睡得很晚。但是，第二天一清早，我却被一阵银铃般的笑声吵醒。躺在床上从窗里望去，却是隔楼窗内两个少女正在探身出来摘白兰花。我住的这座楼和隔楼中间有一棵又高又大的白兰树，它比我们这两座楼都高，现在开满了白兰。天井里、窗台上、井沿上，铺满了飘落下来的碎玉一般的花瓣。那两个少女正探着身，聚精会神地摘那些将开未开的花朵，预备簪（zān）在头发上，摆在盘子里。看她们那聚精会神的样子，一心一意集中在一朵花上的样子，即使天塌了下来也不能扰乱她们分毫。看她们摘到一朵，树枝从手上滑出去，她们的身子也随着往前探一探。听她们一串银铃似的笑声，不知怎样一来，一夜睡来失掉的想法又蓦（mò）然回来。我觉得，她们聚精会神地摘花，她们得到满足后响起的银铃般的笑声，都是又单纯又真挚的，都是美的，都是我们对待生活、对待工作应该效法的。

不知道为什么，我忽然又记起荀（xún）子在《天论》里的议论："天不为人之恶寒也辍（chuò）冬，地不为人之恶辽远也辍广，君子不为小人之匈匈也辍行[①]。"我想，这"天""地""君子"也该是极其单纯、极其博大、极其真挚、极其有力量的吧。

因此，我总认为：我们应该歌颂单纯。因为，单纯是力量，单纯是美，单纯是诗。

[①]天不为人之恶寒也……辍行：天不因为有人厌恶寒冷而废止冬季，地不因为有人厌恶辽远而废止宽广，德行好的君子不因为人格卑下的人的喧扰而废弃好的德行。

暮雨

这几天的天气挺怪的。每天傍晚都落一阵白撞雨①。

这几天的天气也都是很郁热的，热得人心里怪发烦。雨一落，郁热消了，人心里也舒畅了。

雨一落过，天就晴了，云彩就散了。来不及散的，飞得很快，被夕阳一照，变成晚霞了。

我们住的地方有很多树。有棕榈（lú）树，有柠檬桉树，有木麻黄树，有凤凰树，有紫荆树，有芒果、龙眼、荔枝树，还有马尾松、不知春、相思树。这些树，都在暮雨里洗了一个澡。有的闪着晶绿晶绿的青光，有的抖着一颗一颗的水珠，像是梳洗好，换上一身光鲜的衣裳，戴上悦心的首饰，去赴晚会。

我们住的地方种了很多植物。有番瓜，有木薯，有玉米，有木瓜，有香蕉。这些植物，抓住这

---

①白撞雨：方言。暴雨；急骤的雨。

个机会，拼命往高里长，像是用成长来感谢这一天的阳光、这一阵及时的暮雨。

我们的院落里、马路边，都有很多树。所以院落虽然很宽绰（chuò），马路虽然很宽绰，天空却是很狭窄的。天空被树叶和树枝隔成了很多图案。仰头望天空，常常有水珠掉在眉上、眼上、鼻子上。

这时候，头顶是豆青色的，又是火红色的。豆青色的是天空，火红色的是晚霞。隔着树叶树枝往上望，好看极了。

我住的隔邻是个幼儿园。这时候，孩子们都吃过晚饭，洗过澡，换过衣服，由老师带他们到马路上来散步。马路是沥青的，刚刚落过雨，洗得干干净净的、乌油油的。小水洼里，闪亮的地方，闪着火红色的晚霞和豆青色的天空。孩子们一出来，就闪着孩子们五颜六色的衣裳。夏天的衣裳都是浅色的，每一个孩子都生气勃勃。他们把自己的倒影映在马路上，像是竹林里雨后的笋群，淡紫色的、象牙色的、雪白色的，只因为这一天的阳光、这一阵子暮雨，一下子出现在这世界上。他们把自己的倒

影映在马路上，像是山野里雨后的蘑菇，带着惊奇
的神气，带着调皮的神气，带着异常愉快的神气，
趁着晚凉，来窥探世界的秘密。

　　其实，笋子、蘑菇都不像。他们是一群不折不
扣出笼的鸟雀，又是吵，又是跳，只是缺了一对儿
翅膀，不能飞上天去。他们是一群不折不扣放到原
野上来的小马驹子，又是滚，又是闹，又是呼啸。
老师再也规范不住他们。爽性任他们撒个欢儿吧，任他们像暮雨后的云彩，自由自在地流散吧。整条马路都是他们的世界了。

我也带着小湄湄到马路上来散步。小湄湄才两岁，一见到这些小朋友，就拼着自己的声音喊"哥哥、姐姐"。哥哥姐姐们一拉，就把小湄湄拉到他们的集团里去了。我看着他们给老师提问题：

"叶老师，为什么一到傍晚就落雨？好像有谁知道我们太热了，是吗？"

"叶老师，这树叶为什么有的挂雨珠儿，有的不挂雨珠儿？"

他们仰首望天了。

"叶老师，这雨珠儿为什么有的掉在人的眼上，有的掉在人的鼻子上？"

"叶老师，这晚霞为什么有的像狗熊，有的像老虎？它们也住在动物园里吗？"

"叶老师，今天的晚霞为什么飞得这么快？"

他们的问题，有的得到了回答，有的没有得到回答。有的叶老师听见了，有的叶老师就没有听见。有的听见了，叶老师也没有回答，因为回答起来要上一堂课。

这时候，忽然有几个孩子惊呼起来：

"叶老师，虹，虹，虹出来了！"

果然是美丽的虹挂在天际。虹的背后是墨黑墨黑的一片。虹一出来，那缤纷的彩色，使天空、树木、房屋都增添了一种异样的光彩。孩子们走到马路的尽头去看虹。

马路的尽头有一棵大榕树。站在榕树下面，榕树须不断地有雨珠儿滴落。没有人抬头看它。它一滴一滴地滴落在孩子们的脖子上，顺着脖子往下流，清凉清凉的。每滴一珠，孩子们就发出一声轻微而带着欢乐的呼喊。

马路的尽头是一片原野，原野的背后是白云山。我们住的地方过去是座小山。望起原野来，原野是低的。原野上有一条蜿蜒的铁路，到广州的火车都要由这里经过。火车一过，天就渐渐地变黑了，虹消逝了，晚霞也消逝了。孩子们把注意力都集中到火车身上。

这时候，前后有两次列车从我们身旁驶过。一列是从北京开来的，一列是从深圳开来的。客人们一看到我们住的这些房子，就知道到广州了。有的已经整理好行装，就趴在窗口往外望；有的还没有整理好行装，就只管埋着头整理行装。

孩子们看见火车来了，看见车窗里那么多人往外望，以为他们被客人们看见了，于是就拼命喊起来：

"叔叔好！阿姨好！"

于是，不论是由首都来的，还是由深圳来的，都在广州的门口，受到了广州孩子们的欢迎。

欢呼过了，叶老师带孩子们回幼儿园去。孩子们有些不情愿，但又知道拗（niù）不过，所以乖乖地跟着老师回去。小湄湄和他们玩得难解难分，愿意跟他们回幼儿园去。经过哄劝，双方才说出"再见"。他们把"再见"说得跟唱歌一样，又清脆，又甜。在暮色苍茫里听了，像是一颗雨珠儿顺着脖子滚下来，滚得心里边又清凉，又舒畅。

一九六一年八月二十日于梅花村

落日

　　我住的公社^①那间小楼，三面都是窗子。珠江三角洲夏天的傍晚，落日把所有澄蓝天空上的白云都染成了嫣红的彩霞。这时候，我那间小房间也就变成嫣红色的了。那嫣红色的彩霞几乎要从窗子里流进我的房间来。再加上树叶反射着一粒一粒的金光，再加上从海洋那里吹来的带湿意的风，这时候，可真舒适、真美啊！

　　那间小楼的前面不远就是紫日峰。说是峰，其实是很矮的。但是，登上峰顶，可以看脚下滚滚向大海流去的珠江，可以看二十公里外的广州市的轮廓，还可以把全公社各个大队的村落、河湾、田野尽收眼底。好久了，我就想在傍晚攀到峰顶，去看一看这落日怎样把满天的云彩染成嫣红，去看一看在这嫣红的晚霞照耀下，所有这些景物到底有多光

①公社：这里指人民公社，1958-1982年我国农村中的集体所有制经济组织。

彩，有多壮丽。

　　那一天，我独自一人终于从一条小路攀上了峰
的最高处。我去的时候，正是落日迅速往下沉落的
时候。像是怕赶不上什么隆重的典礼一样，我急急
忙忙地往上攀登，而且攀登一会儿就一回头，生怕
在这攀登的当儿，落日沉落珠江，晚霞失掉光彩。
还好，待我攀到峰顶，回过头去看西天那轮圆日
时，它正放射着万道光芒悬在明镜似的珠江上空。
江和天的涯际，正是笼罩在苍茫暮色中的广州。望

过去，影影绰绰，顿添上一笔浓浓的神话色彩。这时候，这江和天的涯际，这影影绰绰的广州上空，正横列着无限远的一条一条泛白色的云彩。它们无限远地伸展着，使人想起庄子《逍遥游》里的大鹏——这云彩，正是它的翅膀。但是，就在这一瞬间，这翅膀变成金黄的了。近落日处，那金黄是被火烧一样的；远处，是深色的；再远处，是淡色的。这时候，在那影影绰绰的地方，我仿佛看见一串一串绿珍珠似的灯亮了，那雾气中的绿色，和着这深淡相间的金黄色，只有用绚烂、灿然、光彩这一类的字眼才能形容它的万一。我仰起头来，看天空正顶着几朵乌云，呆痴痴的、沉闷闷的，可真煞风景。但是，正在我埋怨它们时，那落日也正忙着把它的光辉染在它们的身上，只见它们的边缘渐渐地都被金黄镶起来了（多像爱美的女人的衣饰），渐渐地，它们的中间也被金黄染透了。正在这时候，海洋上刮来的风越刮越起劲了。这乌云，经不住这海风猛力地吹，竟保持不住它的庄重，板不住它沉闷的面孔，一下子风流云散，像扯絮似的散在澄蓝的、像海一样的天空里了。风流云散处，几颗明亮的星星闪烁着光辉。这峰顶上有很多树木，有攀天擎（qíng）日的松树，有窈（yǎo）窕（tiǎo）多姿的柠檬桉，有亭亭玉立的梧桐。这时候，它们都分润着落日的光辉，在叶子的深处闪烁出一粒一粒金色的火花。那海风，一个劲儿地把它们向落日的方向吹，那树叶，颤抖着，喧嚣着，躬着腰，带着欢乐，感激落日这一天的给予。这时候，珠江的水涌起了微微波澜，在它那贮满黄金的怀里，带帆的和不带帆的渔船往来奔波，你分不清它们是刚刚出发还是渔罢归航。花尾渡①顺流而下，在一片澄黄的天地中，渡船的周身都亮起了银白的灯光，乍望去，像是遗失在江里的一条闪闪发光的项链。江上，从花尾渡飘起悠扬的音乐，它顺风飘扬，从东而西，从下而上，顿时响彻满江、满岸、满峰、满天地。

一不留神，落日栽到了江水深处。它一落，

_____

①花尾渡：广东珠江用人力划行或轮船拖曳的载客木船。船尾绘有美观的花纹，船身稳，载客多。

那金黄就马上变成嫣红了。那江和天的涯际涂满了嫣红；那影影绰绰的广州市罩满了嫣红；那刚才扯成了絮的乌云也变成了嫣红的。这时候，所有的树木，所有的原野，所有的江水、帆樯（qiáng）、人物，都被笼在像轻纱似的嫣红里了。只有那高高的没有云彩的天空隙处，才不为嫣红所动，变得更纯、更深、更青。

这时候，村落里窗上的灯光亮了；江里渔船上的灯光亮了；遥远的广州市的上空，腾起了一片为灯光所凝聚的光辉，几乎把天和江的涯际的嫣红冲散。在这嫣红的天地里，我知道，炊烟落处，弥漫着饭香和菜香；人们在劳动了一天后用江水冲散了一天的疲劳和汗液；每一扇窗子的灯光下面有着笑语、闲谈、歌声。而在广州，马路上亮满了灯光，人们换上轻飘飘的衣裳，在马路上、在剧院里、在茶楼上，消遣自己的夜晚。所以，和着这嫣红、落日、澄青的天空、闪烁的灯火，我联想起来的是温柔，是安慰，是和平，是休息，是妩媚的少女风姿，是音色宁静的轻音乐。再想下去，就是明天，就是日出，就又是满天云霞……

　　暮色越来越重，不知道为什么，我忽然想到古时候那些诗人关于落日、黄昏的咏唱了。他们几乎都是借落日（他们叫作"夕阳"）来发泄自己的哀伤、没落、孤独以及诸如此类的情绪。到了李商隐，吟出了"夕阳无限好，只是近黄昏"。那可真算到了用没落心情咏落日的极致。把落日、黄昏、颓（tuí）垣（yuán）、败柳视为一种衰落的美，并且把它们和伤感、没落等情绪结合起来，这几乎是多少年来美学的一条定则。不独中国人如此，外国人也是如此。我记起19世纪的法国诗人马拉美就说过一段非常典型的话。他说："我爱上了的种种，皆可一言以蔽之曰：衰落。所以，一年之中，我偏好的季节，是盛夏已阑、清秋将至的日子；一日之中，我散步的时间，是太阳快下去了，依依不舍地把黄铜色的光线照在灰墙上，把红铜色的光线照在瓦片上的一刻。"我还记得，他这篇文章的题目就叫作《秋天的哀怨》，从题目到内容，真可说是把颓废的思想表露得淋漓尽致，他是那些喜欢

"衰落"美的人的代言人。我们的时代不同了，我们应该歌咏日出，歌咏早晨，歌咏一切刚刚开始、刚刚萌芽的新生的东西，对于一切衰落，我们应该摈（bìn）弃。但是，我们如果仍旧把衰落和落日、黄昏联系起来，而且认为它们是一种天然的联系，那我坐在这紫日峰顶，可真要替这落日、这黄昏叫一声屈。因为我分明看到了它们的金黄的壮丽、嫣红的温柔，而且我分明从它们那里看到我们幸福生活的另一个方面……

坐在峰顶，尽自冥想着，落日早已沉落得没一点儿声息，天的涯际的一点儿嫣红也早已消逝得没一点儿痕迹。那村落里、渔船上的灯光更明亮了，那澄青的天空更宁静更深邃（suì）了，星星撒满天空，暮色太深了。今晚没有月亮，我得赶紧下山，不然就看不见下山的路了。

一九六二年九月三日于大石小楼

晨溪

　　天麻麻亮，隔邻房一阵窸（xī）窸窣（sū）窣的
声音把我吵醒了。醒来一听，原来是隔邻小食店的
人起床了。接着就是生火的声音、木柴在炉灶里噼
噼啪啪燃烧的声音，同时听到的还有切菜的声音、
剁东西的声音。他们大概也是怕惊动四邻的安眠，
所以尽量把声音放小。但是，仍旧把我惊醒了，而
且一醒就再也睡不下去。

　　我们三个人是昨天傍黑儿到沙溪来的。吃完晚
饭，就参加了大队总支会议，没有来得及看这小墟
上的情景。但是，总觉得熙熙攘攘，怪热闹的，怪
欢乐的。

　　睡不着，干脆起身吧。我轻手轻脚地拎了毛巾
和牙刷找地方洗漱。一出门，小街上已经有匆匆忙
忙走着的人。但是，所有的门还关着。我走到小街
的尽头，往右一拐，无意间却发现龙眼树前面有一

条两丈宽的小涌（chōng）①。小涌正涨水，把石阶也淹没了。小涌上一条木板搭的独木桥，也紧紧地挨着水面了。人往上面一蹬，木桥就沉入水面下。涌水汩（gǔ）汩地流着，又清凉，又欢乐，再也没有比这里更好的洗漱的地方了。

我舀（yǎo）了一盅（zhōng）涌水漱口刷牙。这时候才看见涌对面是一大片菜地。菜地一垄（lǒng）一垄，种得怪整齐的，但是颜色可不一致。凭我的经验，我知道这季节长得最多的是芥兰、菜心、小白菜，还有一大片一大片的，就是马蹄②和慈姑③。

这时候，雾气蒙蒙的。一切景物都笼罩在乳白色的雾里。就这样，我还是看到了菜地尽头那果树林子，它们郁郁苍苍地立在远方，乳白色的雾掩盖不了它们。果树林子旁边是另一个小村落，灰色的房子完全淹没在雾里了，但是有两座粉白墙壁的房子，却勇敢地透出雾的重围，直撞入我的眼内。

---

①涌：方言，指河汊，即大河旁出的小河。
②马蹄：方言，即荸荠。多年生草本植物，通常栽培在水田里，地下茎扁圆形，可以吃。
③慈姑：多年生草本植物，生在水田里。地下有球茎，可以吃。

突然，菜地深处闪着一串一串银链似的白光。仔细看时，才知道有不少人早已经起来在这里浇菜。射桶里喷出来的水，像一粒一粒的珍珠。这珍珠连在一块儿就像一串一串的银链了。在雾气蒙蒙中骤然望去，像是在云雾大山的山腰，挂着几匹银白色的瀑布。这时候，浇菜的姑娘们，陆陆续续回到涌边来装水。她们看见我，黝（yǒu）黑的脸上闪出洁白的牙齿，笑一笑，表示对这个陌生客人的欢迎和招呼。待至她们担着射桶走远了，菜地上响起了银铃般的清脆笑声。她们在笑什么呢？这笑声打破了田野上的寂静。近处果树上的鸟雀，被笑声惊起，扑棱棱展翅高飞。

太阳出来了。很久没有看见这么漂亮的日出了。它从菜地的尽头，从郁郁苍苍的果树林子上面升起来，一转眼就升高了。它把它的光辉一下子洒满田野。瞬息间，乳白色的雾无声息地变作露水，落在可以落脚的地方了；远处的果树林子由郁郁苍苍变成油绿色的了；菜地上的菜青白分明地呈现在你的眼前了；姑娘们的身材、面貌全可以看清楚了；不但远处的灰色房屋看得清楚，还可以看清楚烟囱上的炊烟在袅（niǎo）袅地飞向上空。等了一阵，一切景物在阳光和露水的闪光中，显出出奇的瑰丽。远处果树林子的树叶闪着金花；小村舍屋顶上的炊烟变成黄色的飘带；姑娘们的脸孔笼上了一层圣洁的光辉；射桶里的水再不是银白色的珍珠，而是一把一把金屑子洒向大地；那些菜地里的青菜像受过点金术似的，放射出金色的光辉，站在菜地里，一动也不动。

这时候，有人捧着满箩筐的小白菜来洗，有人拿着牙具到这里来洗漱。我怕洗菜把水弄脏，忙蹲在独木桥上洗了几把脸，走了。小街上已经走满了人。百货店、农具店、保健站，都开门了。小食店挤满了人，放眼看去，有鸭粥、鱼丸粥、虾粥，热气腾腾的，人们低着头在那里吃着，吃完了就开始一天的工作。

回到住宿的院子里，才知道我们住的是幼儿园的两间新房间。幼儿园的院子里有三棵又古老又大、枝叶婆娑（suō）的大榕树。大榕树下面是水泥铺就的又光滑又平整的大地堂①。这时候，太阳已经升高，大榕树的枝叶只能把阳光挡住一半，另一半像图案似的，泻落在大地堂上。家长们开始送孩子们来，他们一手牵着孩子，一手拿着农具。把孩子嘱托给老师以后，揎（qián）着农具，朝着朝阳向田野里走了。孩子们在老榕树下开始追逐，阳光在他们身上变幻着。老榕树上一只鸟雀也没有。孩子们的笑闹声代替了鸟雀的鸣啭（zhuàn），孩子们的

①地堂：方言。场院；院子。

笑闹声使得鸟雀不敢在这里栖身。

　　同来的老杜已经起身。他邀我一起到码头上去。到码头去，要经过一条笔直的道路。路两旁种着石栗、柚树、香蕉。石栗的圆叶子、柚的小叶子、香蕉的大叶子，都承受了一层雾水，上面滚着露珠。人从旁边过，不时地有露珠跌落在头上、眉睫上、衣服上。很多社员都去出工。有的就在路旁筑地堂，准备即将到来的秋收。一条更宽大的涌，直接和珠江通着。涌两旁长着番石榴树。番石榴树一路和涌水纠缠着，用它的手臂似的枝丫，拥抱涌水，抽打涌水；有时候，整棵树的身子就都倒向涌水，想和涌水接一个热烈的吻。

　　码头是用石块砌的。石块缝里长着几棵榕树、番石榴树。坐在用石块砌的石凳上，就可以任意凭眺眼前的珠江了。珠江的水，在朝阳的抚慰下，显得格外妩媚、格外温柔。这时候正涨潮，小浪花不断地冲击着石码头。积肥的船刚刚开走，渡船还没有过来。码头上一片空旷，风从海那边吹来，把海的新鲜、海的咸腥味都吹过来了。太阳已经升得老高，满江水都是黄油油的。两个农妇到码头上来。她们穿着一色的宝蓝色的衫子、青色的裤子，一人拎一把遮阳小伞、一个藤手抽。手抽里有茭笋，有菜心，茭笋和菜心下面，隐隐约约露出一尾青里泛红、红里泛白的大鲤鱼。老杜偷偷地告诉我，这一定是到广州探亲的。果不其然，话没落地，从对岸涌口划来的渡船过来了。涌口的社员一看见我们，就愉快地打招呼，问我们去不去广州。两个农妇慌不迭（dié）地上了船。撑渡船的阿婷叫大家坐好，船掉过一个尾，就朝着江心，朝着朝阳升起的地方划去了。我们看见渡船坐得满满的，担心他们不能全部上船去广州。正在担心的时候，呜呜两声，去广州的船从江那边开来了。它转过一个沙洲，烟囱冒着烟，呜呜地啸鸣着，再加上这风声潮势，很有气派地开过来。小渡船不顾它扬起的波浪，一颠一簸地向它的身边划去。我们看见渡船上的人喧哗着，笑着，攀到大船上去。风把他们的喧哗声、笑声，一直吹到我们跟前。风也把他们登上船后愉快的心情吹到我们跟前。

呜呜的几声，去广州的船又很有气派地开走了。小红旗在烟囱旁边呼啦啦地飘，烟囱里冒着白烟。船开走了，船尾巴把江水劈开，在朝阳的照耀下，好像劈开了一条金色的道路。顺着这条金色的道路看去，江的转弯处就望得见广州郊区大工厂里的大烟囱，它们背后衬托着蓝天白云，被升上中天的太阳一照，气象森严极了。

　　我和老杜坐在石码头的石凳上，一任江风吹着，太阳照着，不觉沙溪的早晨早已逝去，一动也不动。在这瑰丽的景物面前，我们简直都望呆了。

　　　　　　一九六一年十一月十五日于番禺大石小楼

花溪街记

　　近几年来，我常常到花溪公社去。花溪公社党委所在地是个小圩（xū）镇，就叫花溪圩。地方跟名字一样漂亮，圩前面不远就是珠江；圩后面就是逶（wēi）迤（yí）很远，又很高大的紫日峰。

　　花溪圩有一条长长的街，人们都叫它"花溪街"。有人跟我说：在抗日战争以前，这里是很繁华的。但是，敌人的飞机把一枚重型炸弹扔到这里，一下子毁了半条街，剩下的是颓垣瓦砾（lì）。但是，这几年来，被敌人破坏的"遗迹"也看不大出来了。那些被炸的地方，有的修起了房子，有的栽上了树木，有的种上了烟草、蔬菜、花生，一年四季总是青葱葱的。谁还会想到那时的飞机的嚎（háo）声，炸弹的啸声，起火后一天一夜也不熄的冲天火焰呢。

　　又有人跟我说：其实，变化最大的，还是这条街。你看看这条街，它是那样直，那样平坦。更惹人注意的，是街两旁那两行栽种了几年的桐树和柠檬桉树，是树下边砌得整整齐齐的石板凳，是石板凳后面、墙脚前面那一丛一丛的玫瑰。试想想看，这该是多么漂亮的一条街。这时候，桐树正伸展着它那浅绿色的大叶子，想托住那纷纷跌落的粉白色的花朵，但是，托也托不住，风一吹，桐花撒落了满地。这时候，柠檬桉正挣脱那身褐色的树衣，露出银白的树干，飘着暗香，猛劲地向天空里生长。这时候，玫瑰的叶子是乌黑乌黑的，在乌黑的叶丛中绽出了无数粉红色的花朵，那么幽香，那么神逸；风一吹，那乌黑乌黑的叶子就颤抖着，那粉红

色的花朵就到处点头、暗笑。而且，这石凳上一到黄昏就坐了很多人，老年人的絮语、年轻人的歌声、孩子们的欢笑，随着这柠檬桉和玫瑰的暗香，一齐飘扬到天空，飘扬到每家每户的窗前。

这一切多么美啊！

但是，所有的这一切，所有的这一切的美是怎样创造出来的呢？我并没有注意这个问题。因为我常常想：在我们这样的社会里，我们应该把我们的地方建设得好些，我们应该医治好那战争留下来的创伤，我们应该创造一切的美。有一天，公社党委办公室的小高向我提出了这个问题，我就把我的想法告诉了他。他微微一笑，说我只答对了一大半，另一小半是我想也想不到的，是和公社里的庆叔有关系的。庆叔，七十来岁了，那次轰炸毁了他的家，只剩下他孑（jié）然一身，在贫困中挨到解放。一九五八年以后他就到公社来工作了，扫扫院子，招待招待客人，没事就对这条街进行"美化"工作。这些，我都是知道的，难道这就是小高说的"关系"？小高好像知道了我的想法，他又神秘地一笑说："关于庆叔，我估计你也只是知道了一半。"他接着就跟我叙述了这条街的来历，叙述了美是怎样创造出来的：

在那次轰炸中，庆叔清醒过来时，大火已经烧了一天多，当他知道他的亲人，包括他那相依为命过了大半生的老妻、他那围绕在他们膝前眼看着一天天长大的儿子，他所有的一切，包括那房屋、那小菜圃、那鸡坶（shí）①、那竹篱笆都被大火卷去了的时候，他流着眼泪说："我没有力量再去打仗。但是，我要把你们烧掉的一切再建造起来，而且建造得更好。"在解放前，他吃了上顿没有下顿，常常看着那一堆一堆的烂砖瓦出神，出神得久了，眼里就不知不觉流出了眼泪。他的眼病就是这样得的。解放了，开始那几年，生活得还是不好。土地改革后，他那些贫雇农的侄儿们翻了身，把他养了起来，他的一个外甥从解放区回到县里工作，每月给他送一笔生活费来。

———————————

①鸡坶：在墙上凿的鸡窝。

庆叔的生活安定了，人们早已经忘掉他在大火前面说的那些话，可是庆叔却没有忘记。在一九五四年的春天，他开始了他的计划。他用他的生活费买了几十株柠檬桉树苗，过了清明，他把它们种在街的两边。过了一年，他又用他的生活费买了几十株桐树苗，又一个清明，他把它们间种在柠檬桉树的空隙。他从竹林里斩来了竹杈子盖住树苗，为的是不叫牛吃掉，不叫孩子们折掉。天旱时，他从珠江挑水给它们灌溉；下雨时，他用铁铲掘一条条的小水沟，把水给它们放掉。他像伺候自己最心爱的孩子一样地小心。在他的心目中，这些桐树早就开花了，这些柠檬桉早就钻到云彩里去了，这条街早已经变得很美丽了。这时候，他又开始了另一个工作，他想把那些埋在瓦砾堆里的青条石板打理出来，用它们搭成石凳，放在街边。等树长大了，叫人们坐在上面回忆、歌唱、嬉笑、聊天。庆叔已经是六十多岁的人了，青条石板搬不动。搬不动怎么办？他就在路上拦住那些年轻人，先请他们到茶楼喝一盏（zhǎn）茶、吃一碟点心，然后才说明来意，请他们把打理出来的青条石板搬到街上。就这样，随着桐树、柠檬桉树的生长，石凳也一条一条地多了起来，到了今天，就成了我开头描写的那样子了。

这是我们工作中很大的一个疏忽。这样的一个老者，差不多天天在这条街上工作，但是人们总认为不知是哪个部门布置来做的，所以认为是很应该的。及至一九五七年底，这里的区委书记老杨（那时候还是花溪区）跟庆叔有了一次偶然的谈话，才了解到这事情的始末，才了解到在他们眼前就有着这样一个坚定不拔、公而忘私的老人。他把这个情况在一次区委会议上汇报了，大家都被老人的行为感动了，并且作出了决议：三个月内，把花溪圩那些战后的"遗迹"彻底消灭掉，把花溪圩这条街铺平（过去它是多坎坷啊）。在一九五八年的春天，行动开始了，所有的区干部，中学、小学的师生，都参加了义务劳动。他们把那些断砖碎瓦捡到街上来铺平这条街，然后又在这断砖碎瓦上铺了一层厚砂。他们在那些荒凉的瓦砾场上栽种了各种各样的树木，在树木和树木中间开垦出一小片一小片土地，种上了大家需要的东西。又不知是哪位有心人提出一条建议，在庆叔栽种的桐树和柠檬桉树后面，栽满一街玫瑰。所有这一切，都来得这么突然，变化得这么快，这条街像是在魔术师的手上一样，一翻掌就完全变了一个样子。庆叔在这事实面前惊得呆了，感动得流泪了。他向自己说：这正是那天晚上我的愿望啊！原先以为是没法实现了，可是解放了，自己做了一点点工作，总觉着这大片瓦砾没办法处理，总觉着这条街没办法填平，谁知道只三个月工夫就实现了，想都想不到。

后来，区委老杨又跟庆叔谈，说他花了这么多心血，花了这么多钱，不声不响地为人民做了这么多好事，区委应该给他一份报酬，并且开玩笑地跟他说，起码要补回他的"成本"。谁知道，老杨这么一说，庆叔竟沉下脸来。他说："杨书记，你多不了解人啊！我以前，每天砌石凳、看树苗，没人问，没人了解，我心里一点儿也不难过，因为我做着我自己该做的事。可是，你今天提到报酬，提到

'成本'，我心里却难过极了。难道我所做的都是为了报酬吗？都是为了补回成本吗？要是那样，我还不如天天坐在家里抽袋烟，聊聊天，看看闲书混日子呢！"从此以后，谁也不敢再提别的。后来，公社缺个收拾房间、打扫院子、招待客人的人，就把他请来了。来的客人很多，客人们都称赞花溪这条街。有了解花溪圩过去的人，还称赞这条圩恢复得快。每逢这时候，庆叔都是兴奋地听着，一句话也不说。当有人问他的时候，他总是慌慌张张地借故走开，像是怕泄露了什么秘密，像是怕惹起什么无谓的纠纷。

自从听过小高的叙述，我也曾试着问过庆叔，我问他的过去，问他的生活，他都是很亲昵地跟你谈述，但一谈到这花溪圩的变化和这花溪街的变化时，他就慌慌张张地走开了。有两三次都是如此。我看着他那佝（gōu）偻（lóu）着、微显苍老的身躯匆匆地走下楼去，心里总是充满感激，用尊重的目光送他下楼，一直到听不见他的脚步声。

我每一次到花溪来，公社的同志都把我安排

在一间三面都是窗子的小楼上。把窗子一打开，街上柠檬桉和玫瑰的暗香，就涌到小楼上来。一到黄昏，那些老年人绵绵的絮语、少女银铃般的笑声、年轻人愉快的歌声、孩子们鸟雀般的喧闹，也随着这暗香一齐涌到小楼上来。这时候，珠江的上空罩满了晚霞，紫日峰上的乌榄树笼在晚霞的光彩里，这花溪圩可真美啊！每到这时候，我都是赖着不把电灯拧开，我在这堇（jǐn）色黄昏的时刻，尽情地享受着这一切。自从听过小高的叙述后，这美的后面不知为什么总闪现了一个高大的身影。这美，是渗进更多的东西了。又自从和庆叔谈了两三次话，他都是"守口如瓶"后，一想到庆叔由于对人类破坏者的仇恨，由于对美好事物的向往，默然地做了那么多工作的时候，我就再也不能沉浸在这美的享受中，一种极其深沉的力量督促着我，我一下子拧亮小楼上的电灯。

一九六二年四月于大石小楼

迷人的路

　　从沙溪到上滘（jiào）这一段路，可真是一条迷人的路。

　　有一天，我从公社党委，经大山、涌口到沙溪去，回来的时候，公社党委书记老杜跟我说："你应该走另一条路回去，路途虽然绕一点儿、远一点儿，但是蛮有意思的。同时，经过上滘、下滘，这两个大队都是产水果有名的，果树很多，你还可以顺便了解一下水果的生产情况。"

　　我漫不经心地接受了他的建议。谁知道这一走，竟把我给迷上了。每次去沙溪，我都愿意多绕几里路，来走这条迷人的路。来到大石参观或了解工作情况的人，我总劝他们到沙溪去，而且，总是带着非常热忱（chén）的情绪，请他们走一趟这迷人的路。

本文有删改。

第一次走这条路的时候，是一个初冬的下午。在广东，初冬的太阳丝毫也减少不了它的热力，它一如往昔，仍旧使万物蒙上欣欣向荣、光彩欲流的光辉。我跨过一座木桥，低着头（因为那果树的枝丫弯弯曲曲地总是挡住你的路）走过一片果树林围住的小径，再转一个弯儿，就跨到这条路上来。

　　这条路，自然也是一条普普通通的泥土路。说它迷人，指的是路两旁的景色，以及由这景色引起的遐想、沉思。这条路是一条东西向的路。一开始，路南是一片甘蔗田。这片甘蔗长得肥壮，叶子宽大、蔗身粗硕，风一吹，哗啦哗啦地响，把再南边的景物都挡住了，把半个天空好像也挡住了。路北是一片果菜园子。为什么叫果菜园子，因为田里种的都是菜，菜中间却是一棵一棵亭亭玉立的木瓜。在地里，椰菜一棵一棵的，苍绿里面透着白；木瓜还年轻，没有果实的累赘（zhuì），无忧无虑地向高处生长。椰菜、木瓜都栽种得那么整齐，像是绣花绣上的，织绒毯子织上的。苍绿翠绿相间，再衬上黑色的、冒出油来的土地，就会使人心意恍

惚，不知道这里的人是种菜栽树，还是绣花织毯；
也不知道这里的人是在创造物质财富，还是在创
造美。

再往前面走，过了甘蔗田，也过了果菜园子，
就是走不到头、看不到边的果林世界（这说法可能
稍微有点儿夸张）。先往南边看，那闪着青色的光
辉，把太阳的热和光都一股脑儿吸收了去的蒲桃
树，又耀眼，又森然，站在最南端挡住人的视线。
那透着一点儿秀气，但又生长得枝叶很繁密的榄
树，这一棵那一棵地间在蒲桃树的中间。因为它的
身材高、叶子色嫩、杆子发白，所以打破了蒲桃林
的单调。路两旁最多的还是番石榴树，它们长得毫

无规则，有的高，有的低，有的仰首向天，有的俯身向地。它们的大量存在，构成了这条路的基调，因为只有它们生在这里，才使得这条路热闹，使得这大地没有空闲，没有一种寂寞的感觉。路北边，就全是这一色儿的番石榴树。它们生长在涌的两边，按说应该受着涌的约束，长得规矩点儿了，其实也不然。涌是这一条那一条的，有宽有窄的，它们生长在涌的两旁，有高有低，有的甚至探下身子来用自己的枝丫拂拭涌水，所以看起来也是怪参差、怪热闹的。再加上那些林子深处或路两旁像打着绿色小灯笼的杨桃树，那叶子红得像枫叶一样的荔枝树，那团团如伞盖油绿油绿的龙眼树，所以一走到这条路上，就像闯到果林的世界里来了。

构成这迷人景色的，自然不光是这些果树，还有这涌水。这涌水没有夏秋之间的那种奔腾的声势，但是这时候正值涨潮，它涨得满满的，像是已经由热烈的青年走入成熟的中年。也许正是因为这个缘故，它就想尽量地把阳光揽进自己的怀抱，使满涌水都被晒得黄澄澄的、光闪闪的，骤然望去，像是装了满涌的黄金。

构成这迷人景色的，还有涌上搭起的那些小桥。它们都好像是无意间搭落在那里的。有的是一块木板搭在那里的名副其实的独木桥；有的是两条竹竿架着一些横木板的竹木桥；有的是很精细很小巧、有栏杆有曲折的拱桥。这些桥，都掩映在番石榴的枝丫里，可是都能把你渡到涌的彼岸。而且涌的彼岸看上去又是无尽无休的果林，越远越浓，使人又想去又怕去，心里拿不定主意。

瞅着这涌水、这桥、这果树林子，你可以有一百个联想或遐想，你可以作一百首诗。

也许是怕人在这里太闭塞了吧？所以在树林的茂密处，露出不少稀疏的地方，从这些稀疏处，可以望到闪着一片一片白光的珠江，可以望见褐色的帆、白色的帆，悠然地在树梢头（不像在江上）移动；从这些稀疏处，还可以望到那刚刚收割完毕、袒露着褐色胸膛的田野，田野上排成无数三角形的稻草个儿①，整整齐齐地浴在阳光里，和这路旁枝

---

①稻草个儿：成捆的稻草。

丫纵横、又热闹又杂乱的番石榴树林形成了一个强烈对比，然而也产生了一种说不出来的美。

也许是怕人在这里太幽静了吧？所以在树林的远近就响起了各种各样的声音。有林子里各种鸟雀鸣啭的声音，有田野里冬耕叱牛的声音，有姑娘们车水唱歌的声音。这些自然的、劳动的，各种各样的声音组成了这树林的天籁（lài），倾耳细听，异常热闹；一不注意，却又异常幽静。然而这热闹和幽静在这里相处得却这样和谐。

说了半天，我这笨拙的叙述不知道有没有道着这条迷人的路的迷人处的万一。其实，就我自己来说，真正使我对这条路念念不忘，直到今天还执着地迷恋着它的原因，不光是由于它的景色，很大一部分还是由于我从这次走过以后，又约请过几位同志走过这条路，谈过一些话，并且由这条路诞生了一个理想的缘故。

有一次，来了两位从事文艺工作的朋友，他们很欣然地接受了我的建议，我们一清早就到了沙溪。在那里逗留了一个上午，中午时分就动身由这条迷人的路回大石去。这一天，天气特别好，又赶上中午，太阳的光比平时更热烈，整条路和沿路两旁的景色，都浴在这热烈的阳光里，哪怕是一片树叶也闪着金色的光辉。他们两位完全像我一样，刚走入这条路，一下子就被它迷住了，看他们四顾不暇、赞不绝口的样子，真已经是到了"醉心"或"倾倒"的地步。走到中途，人实在是热了、乏了，开始是鼻尖上冒汗，随后是脱去身上的毛衣，到后来，忘记了是谁带头，一下子坐在路旁的草地上，再也不起来。

这一坐下来，我们才更深一步地领略了这条路的迷人之处。先说这草，又软又亮又绿，在阳光里散发出带点儿腥味的清新气息，由我们的脚下铺起，一直铺到无限远，铺到林子的深处，跟林子里的树纠合在一起，又一直铺到蓝天的涯际。这些林子里的树，浴在阳光里，另有一番神采。流着浩浩江水的珠江，这时候看得特别清楚，像一匹银色的白练围在林子的边缘。整个景色是热烈的、鲜明的，具有广东珠江三角洲的特色的。不知道是谁，先说起国画能不能表现这景色，我们想起了当代有名画家的一些山水画，譬（pì）如黄宾虹、李可染、关山月，他们的画都独具特色，成就可谓大矣。但是，请他们画一画这条迷人的路，尤其是这太阳的光，这强烈的色彩，这珠江三角洲所独具的明朗情调，还是感觉到有问题的。不知道是谁，想起了那位追求阳光、追求黄金大地的画家梵高。并且说，我们应该产生这样追求光、追求如实地（还不说艺术加工）反映这迷人的珠江三角洲景色的画家。我们三个人对画都是外行，这议论自然是胡乱议论，这番议论，也只是借以赞美这条迷人的路的精彩而已。这段议论我久久没有忘，我心里明白，这绝不是由于议论本身，只是由于对这条路的迷恋，对这条路的忘情不下。

又有一次，我尊重的一位同志到大石来了解工作情况。我请他到沙溪去一趟，而且建议他回大石的时候也走这条迷人的路。开始的时候，我们担心路太远了，他已经是近六十岁的人，怕走不动。其实却不然，他走起来总是在我们前面，而且一边走，一边提出各式各样的问题。譬如说，这条路的周围到底有多少果树？以前发展最多的时候有多少？我们今后预备发展到多少，有没有一个规划？又譬如说，这路两旁还有不少是青青的草地，为什么不在两旁多种上一些果树，是不是有些政策问题还没有解决？而且不知怎么一来，他竟超出了这条路的范围，问到这整个沙滘岛有多少面积、有多少人家、有多少劳动力，问到我们能不能把这整个岛在若干年以内建设得比这条路还要迷人。所有这些问题，一想起来比这条路的本身是更为迷人的。因为它不像我前面啰啰唆唆讲的那一套，它是从这里长起翅膀，腾空高飞了。我感觉得出，一个动人的理想就要在这里诞生。

在阳光的闪烁下，我看见他正在思考，正在把自己所有的这些思路进行概括。这时候，他像是随便想到似的（为了不给我们压力），跟大家商量：我们不能花出更多的精力来把这沙滘岛建设成更迷人的岛吗？果树很多很好，稻谷产量很高，群众文化提高，居住条件改善，落后的风俗习惯改掉，那时候，这个岛就会成为一个"迷人"的基地。使我们全省都成为这样迷人的地方，使我们全国都成为这样迷人的地方，那不好吗？

当然好喽！这是我们当时心的共鸣，共同的回答。

但是，随着他的思想，我的心也长起翅膀，从迷人的路，到迷人的岛、迷人的省、迷人的国家，不，迷人的世界。把全世界都建设得异常迷人，这正是我们的本分啊！

自从这一次走过这条路以后，我就到北京去了。在北京待了差不多两个月，但心里总牵记着这条迷人的路，而且一想到这条路时就又想到更多的迷人的东西，心里总是激越着，想更多地做点事情。

急切间，我一时回不到大石去。但是，我在梦里又一次走在这条迷人的路上。不知为什么，这一次比起过去我所走过的路，宽广得多，明朗得多，因而也迷人得多。

一九六二年二月十四—十五日于梅花村

养鸡记

　　小江采今天高兴极啦，什么事使她这么高兴？第一件事是学校从今天起放暑假了，再上学的时候她可以升二年级了。第二件事是外婆知道妈妈要生妹妹（她总是固执地认为妈妈一定生一个妹妹而不是弟弟），所以托人由家里带来了两只母鸡。

　　带鸡来的那个叔叔告诉她们：鸡在船上已经一天一夜没有东西吃啦，应该快点喂喂它们。叔叔的话还没有落地，小江采早跑到米缸里抓来一把米，扔在鸡的跟前，妈妈和阿姨去拦阻她，但是雪白的米早已经撒了一地，两只鸡没命似的啄了起来。她呢？看见两只鸡那种贪吃的样子，咯咯咯地笑了起来，一边笑还一边说："快听，这鸡吃米跟爸爸写字时候的声音一个样。"

　　叔叔走了以后，阿姨告诉她：鸡是妈妈生妹妹时吃的，要把它们喂得胖胖的。门前草地上有虫子，可以放鸡到草地上吃，江采也可以捉来给鸡吃。小江采看鸡看得正出神，阿姨的话只听见了一半。那两只鸡，一只是金黄的，一只是黄里带黑的。它们已经吃饱了，现在才意识到到了一个新环境，咕咕咕地叫了起来，眼睛怯怯地望来望去。小江采一下子就察觉到它们的神色，欢乐地叫了起来："鸡害羞了，鸡害羞了。"妈妈建议给它们起两个名字，说那只金黄的可以叫阿素，那只黄里带黑的可以叫阿花。江采说："阿素大，是姐姐；阿花小，是妹妹。"

阿姨把阿素和阿花抱到平台上去，一只鸡脚上拴了一条绳，绳子的一端还拴上了一块柴。江采一看就急了。江采说："为什么把它们拴上绳子呢？那该多不自在。"她要求阿姨给它们解开。阿姨不肯。阿姨说："解开了，它们会飞走的。飞走了，找不到家，就回不来啦。"江采说不过阿姨，任什么也不说了。

可是，夜里江采总睡不着，她心里边想：如果我的腿上拴上一条绳子，绳子一端再拴上一块柴，那怎么能睡着呢？阿素和阿花一定是睡不着的了。

她听了听，阿姨睡得打鼾（hān）了，月亮从棕榈树的叶子上把白光射进来。江采越想越睡不着。她竟赤着脚跑出来，跑到平台上去。平台上的月色可亮极了，亮得一点儿阴影也没有，亮得跟白天一样。果然，阿素和阿花在平台上咕咕咕地叫着，没有睡，像是在发愁呢！小江采很想亲一亲它们，安慰它们一下。可是她怕它们啄自己，所以不敢。她躲躲闪闪地把它们脚上的绳子解开了，一边说"好好地睡吧"，一边跑下楼来。因为跑的时候慌张，把个瓷脸盆撞得也从楼梯上滚了下来，咣啷咣啷地响个不停。小江采把它扶起来，幸好没人听到。她躺在床上心还突突突地跳。

一清早，江采正睡得浓着呢，突然被阿姨的喊声闹醒了。阿姨正在喊："谁把鸡放走啦？我们两只母鸡不见啦！"江采一听，知道是自己闯的祸，睁开眼就跑向平台。平台上只留着两条绳子，绳子一端拴着木柴。木柴被露水打湿了，现在在红色的朝阳光辉里闪光。可是，哪里有阿素和阿花的影子？江采想：一心想叫你们睡个舒服觉，谁知你们偷偷跑掉，真对不住人！妈妈也到平台上来了。她们异口同声地认定鸡是江采放跑的。江采也不反驳，也不承认，只是两只乌溜溜的大眼睛转来转去，转着转着竟转出泪珠儿来了。

等到她们发现两只鸡在草地上一个角落睡得正熟的时候，江采竟跳了起来。一边跳，一边笑，把刚才那股子怨气、那股子委屈，不知都丢在哪里了。

从这天起，江采就成了阿素和阿花的保护人，又成了它们的饲养者。

她每天早晨一睁眼，就向平台跑，把鸡房（用木箱子改做的）门打开。鸡向她咕咕咕地点头。每天晚上，她要督促它们进鸡房，把门关好，向它们道声再见。有时候，夜里贪玩，第二天起迟了，鸡房被阿姨打开了，她就要生很大的气，先是和阿姨吵，吵累了，就嘟起嘴来一句话也不说。一个上午一句话都不说，活像一个一贯负责的工作者偶然失职了一样。有时候，可能是夜里没有风太热了，也可能是月色太明亮了，两只鸡总不肯进房子里去，阿姨等得不耐烦了，总想硬把它们捉进去。江采却说什么都不肯。她说："有人要捉你上床非睡觉不可，你睡得着吗？"说虽是这么说，可她心里实在不愿意叫阿素和阿花受委屈。不知道从什么时候开始，她和它们已经有了姐妹般的感情了。她想，妈妈生下妹妹来，也是这样子吧。所以，江采夜里总睡得很晚，不管谁催她，不管上下眼皮打架打得多厉害，甚至妈妈发了脾气呵斥她，她也不肯睡。她非要亲手把阿素和阿花送到鸡房里，轻轻地把门关牢，然后才肯去睡。

妈妈看到她这样子，就故意放出口风来，说妹妹一生出来，两只鸡就要被杀掉了，看江采那时候怎么办！这口风一下子就传到江采的耳朵里去了。开始时她不信，后来阿姨把为什么要煮鸡给妈妈吃的道理讲给她听，她才信了。可是，她一句话也不说。泪珠儿在眼里噙（qín）着，噙不住了，像断线的珍珠一样，扑簌（sù）簌地跌下来了，跌湿了衣襟。

她跑到草地上去，阿素和阿花向她扑了过来，她一只手抚摸一个，一边抚摸，一边想心事。她想：如果偌大一片草地上，没有了阿素和阿花，该是多寂寞啊！她又想：凤凰树不再开花了，开花的时候多好看，像满天云彩落在树上，现在树上什么都没有了，只有绿叶子，红色的云彩跑到哪里去休息了？明年再回来的时候，阿素和阿花都看不见了。如果她们一齐看明年凤凰树上飘来那么多红色的云彩，阿素和阿花把掉下来的花瓣当粮食吃，那该多高兴、多好玩啊！看到草地那边，一大串香蕉正从香蕉树上垂下来，她本来想等香蕉熟了，请阿素和阿花好好地吃一顿的，可是谁知道妈妈什么时

候生妹妹呢？一生了妹妹，阿素和阿花就要被妈妈吃掉了，它们哪里还能够再吃她的香蕉呢？……越想心里边越烦，咳，简直是烦死了。

江采在草地上和两只鸡一齐在想心事，想得不知什么时候太阳已经落山了。凤凰树上撒落下来的一些细黄叶子，撒了江采一头发，跌了阿素和阿花满身，它们把身子一抖，叶子落在草地上。江采却一动也不动。江采被忧愁给笼盖住了。直到饭香飘满了草地，直到阿姨喊她吃饭，她还一动都不动。最后还是阿姨跑下楼来，把她拖走。

江采在饭桌上一句话也不说。饭一口一口往下吃，不像是吃，像是不情愿地往下塞。妈妈看出来了。妈妈说："采儿为什么不高兴？"江采不回答，妈妈又说："妈妈就要生妹妹了，高不高兴？"江采实在憋不住了，一边回答，一边哭出声音来。江采说："我不要妹妹，妹妹一生下来就没有阿素和阿花了。"妈妈这才明白了江采的心事。妈妈安慰她："采儿别哭，你好好把阿素和阿花养大，它们生鸡蛋给妹妹吃，我们不杀它们。妈妈说杀它们是说着玩的。"江采听到妈妈这样讲，心里才踏实了一点儿。眼泪不流了，饭却再也吃不下。

　　这天夜里，江采再也睡不好，她总想着妈妈的话，总想着阿素和阿花。直到疲乏得再也不能想下去的时候，她才掉过头来睡去了。她做了一个梦，梦见一个巨人拿着一把明晃晃的大刀要来杀阿素和阿花。她像一个英雄一样，挺起身来保护阿素和阿花。可是，那巨人举起刀向她的头上劈来，她一声大叫醒来了。醒时正是一条闪电从窗上闪过，接着就是轰隆隆一串雷声，倾盆大雨就落下来了。阿姨忙着关窗的当儿，江采早一溜烟儿跑到平台上去。在漆黑的夜里，她借着闪电的光把鸡房拖到楼梯口上来。她打开门伸手摸一摸阿素和阿花，两只鸡都安稳地睡着，鸡房里干燥燥的，泛着稻草的香味。小江采这才放下心来。她忘记了自己的头发和衣裳都被淋湿了。

　　第二天早晨，江采发起烧来。医生来给她打了针，阿姨给她煲红糖姜水喝。她在蒙眬的状态中听见阿素和阿花在房间外边咕咕咕地叫，她又仿佛听见它们用嘴剥剥剥地敲她的门。她才一清醒过来的时候，就央求阿姨把阿素和阿花放进来。它俩进来后，只是伸着颈子向江采咕咕咕地叫。阿姨笑着说："阿素和阿花向你道谢来啦！"江采疲乏地笑着，有点儿害羞，一句话也不说。

也是这天晚上，妈妈到医院去生妹妹了。江采躺在床上，阿姨不准她出房间，说这是妈妈和医生嘱咐了好多遍的，江采只好央求阿姨把阿素和阿花带到房间里来。江采一看见它们，想起妈妈到医院里去了，不禁担心地问："阿姨，你说妈妈真会不杀阿素和阿花了吗？""真的不杀了。"阿姨斩钉截铁地回答。"那么妈妈吃什么呢？"江采不放心，还在追问。"傻姑娘，医院里有多少东西吃，还用得着你担心。"阿姨有点儿不耐烦了，回答完了，走出去干活儿了。江采心里的一块石头这才落了地。这天晚上她睡得特别好。她做了一个梦，梦见阿素和阿花生出了五彩的翅膀，她骑在阿素的身上，阿花傍在一边，向着红色的太阳、红色的云彩飞去。姐妹俩一路飞一路生蛋，江采回过头来一看，这些晶莹洁白像玉石一样的蛋，把来的道路都填满了，在蓝色的天空里，像一条银色的河一样。

这天早晨，江采起得特别早。鸟儿还没有唱呢，太阳还没有露脸呢，天还灰蒙蒙的没有转蓝呢，可是江采已经起身了。阿姨昨天夜里跟她说，她今天可以出去玩了。她一起身，就把鸡房的门打开了。她一洗完脸，就到草地上去找阿素和阿花去玩了。

草上挂着晶莹的露珠。露珠把江采的木屐和脚踝打湿了。露珠把阿素和阿花的羽毛打湿了。太阳出来了。太阳把碧绿的凤凰树照红了，把碧绿的香蕉照红了，把整片碧绿的草地也照红了。太阳把江采的脸照红了，把阿素和阿花的羽毛也照红了。满天地都染上了太阳的喜悦。

邮差叔叔的单车和衣服也被染红了。邮差叔叔给江采家里送来了报纸，还送来一封医院里的来信。阿姨看了信，大声地叫江采：“江采，江采，妈妈生了一个妹妹，起个名字叫江湄。下个星期就回来。”

江采不知为什么大声地笑了起来。

正在笑的当儿，阿素也咯答咯答地叫了起来。江采一看，哎哟，不得了，阿素生了一只蛋了。蛋落在草地上，把小草压塌了许多。蛋也被太阳照得红通通的了。江采拾起蛋来向楼上跑去，一边跑一边叫："阿素生蛋了，阿素生蛋了，留给妈妈吃，留给江湄吃。"房间里没有人。阿姨到厨房里去了。小江采放下鸡蛋，钻到床下，掀起米缸，抓了一把米向着草地上扔去，一边扔一边喊："阿素，你考了五分，我发你两把米的奖。"她刚要伸手抓第二把，阿姨来了。阿姨说："你又浪费，你不会多捉一点儿虫子给它吃？"江采很不情愿地放下那把米，到草地上捉虫子去了。

太阳已经升得老高了。江采想，妈妈如果知道阿素生了蛋，该多高兴啊！妈妈还不知道，江采又先自高兴起来了。因此，她一边捉虫，一边唱歌。

李老师到江采家中来家访的时候，听说江采养鸡的事，一个劲儿地夸赞她。她很想把养鸡的经过讲给李老师听，可是张了几次嘴，总不好意思讲。

爸爸从乡下回来了，小江采一股脑儿把养鸡的经过讲给爸爸听。讲到伤心的地方，声音还有点儿哽咽，眼里还噙起泪花呢。爸爸笑着安慰她，还把她养鸡的故事写给别的小朋友看。

一九五九年七月二十日

秋颂

昨天还是郁郁葱葱的夏天呢，今天，仿佛只是一转眼的时间，就是秋天了。它从哪儿来的，它跟着谁一齐来的，快得人都来不及捉摸。然而，它的确来了，带着它特有的金黄的颜色，带着它特有的成熟的香气，带着它特有的收获的欢笑声音。

到广阔的原野上去散散步吧，保证你一下子就迈进秋的世界里去；而且保证你会流连忘返，一下子和它发生难解难分的感情。

你看这海洋似的一片稻田，昨天它们还青苍地一个傻劲儿地向上生长。只一天，随着秋天的到来，它们一下子就变成金黄的了，而且低下头，弯着腰，像哲学家一样，坠入了沉思。风一吹过来，它们前扑后拥，沉重地摇摆起来，而且发出哗哗的笑声。是笑它年幼时的幼稚吗？是笑它年轻时的傻劲儿吗？还是它思索出了什么真理，因而止不住哗哗地笑起来了呢？谁知道。

你看这金黄的阳光，金黄的山，金黄的流水。昨天还是"骄阳似火"呢，可今天，一下子就变了。这太阳变得温柔多了，它洒下了无数金色的光辉，笼罩住群山，笼罩住原野，笼罩住小溪与河流；于是，这一切，就像被魔术师用点金术点了一下似的，都变得黄澄澄、安稳稳地那么可爱了。你看这起伏不平的群山，它不是恰恰给这原野镀上了一条刺绣的花边吗？那一丛丛的松树、杉树、相思树，不又是凑趣似的为这条花边平添了无数翠意吗？你看这流水，它辛辛苦苦地灌溉了这稻田一整个夏天，现在看着自己所灌溉、所爱抚的稻子已经垂下了头，已经透发出成熟的香气，于是，它懒散了下来，带着满足，带着倦意，潺（chán）潺地流过来，流过去。它泛起来的波纹，被阳光照耀得黄澄澄的，像在整片原野上流着黄金似的。

秋天的原野一片欢笑。

你看那黄色胸脯的禾花雀，它们三三两两、成群结队，从黄金的稻海里飞起来，飞向蓝天，飞向太阳，翅膀扑棱棱地扇动着，吱吱叽叽地唱着欢乐的歌。啊，多自由的精灵啊！你看那蓝灰色的猪屎雀（我真抱歉，不能叫出它更文雅一些的学名），在割掉了稻子的稻田里，吱吱咕咕地啄食。还有那些鸡，羽毛、腿脚被涂抹得红红绿绿（用来标认是属于谁家的），也被主人放在这只剩下整齐的稻梗的稻田里来啄食，它们和猪屎雀相安无事，互相唱酬着。它们在唱些什么啊？是在歌唱我们的丰收吗？是在歌唱它们生活的欢愉吗？谁知道。还有那各种颜色的蜻蜓，它们从稻田里飞出来，又飞进去，它们在忙碌些什么啊？你看它们挺着橘红的、

翠蓝的、棕色的身子，闪着薄纱似的翅膀，不是在飞舞歌唱，把这秋天的原野点缀得更加灿烂、更加多彩、更加欢乐吗？

然而，在彩色的头巾飘扬的地方，那女孩子们欢乐的笑声超越了这一切。她们那淡蓝色的、浅红色的、苹果绿色的头巾，飘扬在秋风里是多漂亮啊！她们的笑声，是多爽朗、多温柔、多清脆啊！她们正在割禾。你可以联想起白居易的诗，你可以联想起华兹华斯的诗。然而，这种联想只是用来陪衬的，是用来说明我们的时代和他们描写的时代是多么不同的，他们昨天所描写的痛苦，更显示出我们今天的欢乐；他们昨天所描写的孤独，更显示出我们今天的热闹……咳，扯得太远了，我们静下来听她们银铃似的笑声。

笑声停了。一片窃窃私语从稻浪深处腾起。你听：

"阿芷（zhǐ），割完了禾就结婚吧！"

"阿芷，这丰收，这秋天，正是结婚的好时光啊！"

“阿芷，我们的嘴早就馋了，馋着要吃你的喜酒哩！”

　　“阿芷，你为什么不答我们的话？你等着咱们公社今冬把新村盖起来才结婚吗？”

　　“阿芷，你等着把嫁妆都办齐全了才结婚吗？”

　　“阿芷，你等着对象在拖拉机训练班毕了业，开着拖拉机接你到婆家去吗？”

　　阿芷没有回答。这窃窃私语，突然间被一片清脆响亮的笑声掩盖住了，接着，更被像一阵猛雨似的沙沙沙的镰刀割禾声掩盖住了。只有金黄色的稻浪和五彩缤纷的头巾在秋风里摇荡飘扬。从那稻浪的起伏处，从那头巾的飘扬处，钻出了数不清的欢乐的火花，把人的心都灌醉了，把人的眼睛都迷得有点儿缭乱了。

　　啊，啊，那是谁家的大牯（gǔ）牛啊，它跑到稻田里去吃晚餐去了。

　　“牛，牛，走开！”

　　“牛，牛，谁在看牛？牛在吃禾啊！”

于是，一片呵斥声，一片纷至沓（tà）来的脚步声，一下子搅乱了这秋之原野的平静。终于，牛被牵走了，人又埋头割禾去了，原野里又是一片平静，一片涨满了欢乐的平静。然而，你听，沉重的脚步声从大道上响起来了。接着是一阵子满含激情的对话：

"这一片田，就是修了鲫鱼岗水库，放出了淡水，顶住了咸水才种上的吗？"

"是啊！"

"这一片田有多少亩？八千亩？"

"不，整整的一万亩！"

"往年这一万亩田怎么样？半荒着吗？靠天吃饭吗？"

"怎么说都行，十种七不收。"

"今年晚造①一亩有多少斤？五百斤吗？"

"……"

"六百斤吗？"

"……"

①晚造：收获期较晚的作物。

77

“七百斤吗？”

“是啊！少了七百斤我不饶它！”

“那你们大丰收了！”

“……”

“那你们来一个粮食大翻身了！”

“……”

“那你们再也不要别的大队来供应你们粮食了！”

“……”

没有回答。为什么没有回答？这大片稻田主人的代表者（他满面胡须，却精神抖擞，猜想起来，该是这个大队的大队长吧）激动得眼里溢出泪花，他两只粗糙的大手只顾去擦那滚下来的泪花去了。

可是，那一望无涯的稻田在向你回答，你看它鞠躬含笑的样子；那无数飞舞着的小精灵在向你回答，你看它们那狂歌酣（hān）舞的样子；姑娘们的头巾在向你回答，你看它们被夕阳染成了一片片胭脂云，在含羞向你微笑……

啊，啊，天晚了，暮色重了。该回去了。可

是，那夕阳只是挂在树尖不落下去，它还没有挥霍尽它那无尽的黄金；它还舍不得离开（即使仅仅是一个晚上）这欢乐的人间。

可是，村子里的炊烟起了。炊烟起处，一阵新米的饭香溢满村庄。你还要寻找秋天吗？快点儿跟着我回去，秋天已经偷偷地躲到饭香里去了。

一九五九年十一月于虎门寨

墟晚

　　灵川墟的每一个傍晚都是很美丽的。尤其是星期六那天的傍晚，不但美丽而且繁华。

　　下午五点多钟，各个机关要下班还没有下班①，各个商店的门还都敞开着，居民委员会的办事员阿菜拿着一个喇叭筒站在街心，开始"广播"：

　　"各位居民群众啊！现在要大清洁啦，要担水洗马路啦，今天是星期六，一定要洗的！"

　　阿菜的声音是很洪亮的，再加上喇叭筒子，就不但洪亮而且威武。大家说：阿菜的嗓子会拐弯儿。灵川墟只有一条街，是"コ"形的。只要阿菜站在街心一喊，街头街尾都可以听清楚，连拐弯儿的那片地点也不例外。

　　然而，阿菜的喊声过了好久了，还不见一个人担水出来洗马路。不是不洗，是阿菜喊得过早了。

---

①还没有下班：当时人们每周工作六天，星期日休息。1995年5月1日，我国在全国范围内正式开始实行一周双休制。

太阳还老高哩，离傍晚还早哩。

其实，早也早不了许多。一袋烟的时间，太阳就挂在远远的莲花山的顶峰上。于是，大家不约而同地，有的挽着铁桶，有的担着木桶，到江里挽一桶水或者是担一桶水回来，洗灵川墟的马路。人多势众，马路又窄又短，好像才一开始，就把马路洗得光鲜干净了。

洗完了马路，大家都该吃晚饭了。今天是星期六，好多单位、好多人家的晚饭是加了"码"的。在缕缕炊烟的上空，满墟飘散着菜香、鱼香、鸭香，以及炒酱的香味。

灵川墟的傍晚是从晚饭后开始的。

这时候，太阳早已躲在莲花山的山隈（wēi）里了。但是，它像是毫不吝惜似的，把它剩余的灿烂的光辉，一股脑儿赠送给瓦蓝的天空，赠送给大江流水和这江边小墟。它的赠予的魔力可真大啊，谁接受了它的赠予，谁就马上改变了面貌。瓦蓝的天空变成玫瑰色的，扯棉似的白云变成金黄色的，满江流水再不是淡黄的江水，而是满江黄金、满江胭脂。小墟上的房屋、马路，也都笼罩在一种红通通、光鲜鲜的色彩里，像是在童话电影里所看到的那样。那江边，那屋旁，那满田野郁郁葱葱生长着的树木，这时候也都爆射出灿烂的金花。

这时候，大家有的提着一只小铁桶，有的端着一只搪（táng）瓷盆，有的只是肩上搭着换洗的衣裳，手里拾着一个小肥皂盒儿，都投奔到这江边来。有的是一个人来的，有的是几个人成群结伴来的，有的是携儿挈（qiè）女来的。他们都不约而同地来到江边，用江水冲洗一天的疲劳，冲洗一天的溽（rù）热。

他们来到江边，一下子就浴在夕阳遗留下来的光辉里。人，都变了一个样儿。那强壮的汉子，被晚霞辉映得像是一尊尊紫铜的雕塑；那年轻的姑娘，脸上像是抹上了一层厚厚的胭脂，她们头上辫根扎着的小白蝴蝶，也变成了金色的、红色的蝴蝶；那老年人，每一条皱纹里都印上晚霞的颜色；那小孩子们，浑身脱得赤条条的，全身罩在金红色的网络里。而这时候，珠江的水，温柔极了，凝滑极了，连往常汩汩的流水声也没有了，连往常不经意在江心打一个漩涡的顽皮劲儿也没有了。它只是贮满了一江粉红色的流质，预备洗涤（dí）人们的疲劳与溽热。

但是，人们打破了它的沉静。一瞬间，这江边就被人们的喧哗声、歌声、笑声装满。而且它们都像生着翅膀，一直飞到小墟的上空，又落下来，落在每一幢（zhuàng）屋的屋檐上，落在每一家的院落里。这声音织就了傍晚的欢乐，这欢乐笼住灵川墟。

江边有半里长的大石台阶，都是用又宽又厚的青麻石砌就的。谁来砌的？砌来做什么？现在谁也不能回答。但是，它成了每天傍晚的天然浴场。姑娘们三个一堆，五个一群，总是走到最末尾或最开头的地方。她们五颜六色的花衣裳，涂上了一层金黄，显得异常协调。她们叽叽喳喳地议论着，嘻嘻哈哈地笑着。从笑声里，从衣裳的颜色里，人们可以知道哪个是广播站的小胡，哪个是粮管所的阿虹，哪个是供销社的冰妹。在这小墟上，人和人都太熟悉了，只要一眼瞥（piē）去，一耳听去，就知道谁是谁了。在石阶中央，总是盘踞着那些年轻力壮的小伙子们。他们一会儿钻到水里去，一会儿钻出水面来，大声笑着、喊着，有时候还夹杂着一两句善意的骂声。有的还爽性攀到运粮船上，以船为跳板，一个筋斗翻落到水里去。水被他们搅乱了，水底的晚霞被他们搅碎了，满江的黄金被他们搅得波澜起伏，活像万条金蛇乱舞。尽管如此，他们并未忘情石阶末尾那些姑娘。他们向那里游去，叫人家给轰回来。他们眼睛总瞥着人家，议论着人家，有的说叽叽喳喳像一群麻雀，有的说嘻嘻哈哈像一群水鸭。那些中年人，带着自己的小儿女，一个个给他们洗干净、抹干净，在小儿女的尖叫声中、欢笑声中，取得了安慰。而那些老年人，多数是不下水的。他们搬一张竹凳，坐在岸边，一边回忆，一边欣赏这傍晚江边少男少女们的欢乐。

人们就是这样笑着、闹着，直到晚霞变了颜色，星星在天空闪烁，江面升起雾气。他们回家去，好像把满天云霞、满江胭脂也带回家去。

这时候，墟上的傍晚已经由红色的、金黄色的，变成青色的，而且是透明的了。

星星更加明亮，云彩也被风吹到天陲。天空，呈现着一种比豆青稍深而又透明的颜色。江水又开始奔流有声，江上弥漫了沼沼的水汽。墟上的一座座房子，在豆青而又透明的天空下，像是剪影一样，站立在小马路的两旁。

小马路这时候变得异常拥挤。有的是到大棚里去看公社放映队放映的《柳堡的故事》，有的只是在马路上闲逛，有的是赶到茶楼上找一个座儿喝一壶酽（yàn）茶。这时候，小墟上显得异常繁华。茶楼上灯光如昼，大棚门口照耀得有点儿晃眼，《九九艳阳天》的歌声到处飞扬。那歌声，又缠绵，又悠扬，引动了很多人张开喉咙跟着唱了起来。一时之间，这小墟，在暮色苍茫中，竟被辉煌的灯光和嘹亮的歌声所装饰、所充塞着了。

好容易静下一点儿来，在江边上见到的那几位姑娘，又手携着手出现在街上。她们一边走，一边说笑；一边说笑，一边吃着葵瓜子儿。木屐拖在石子铺就的小马路上，清脆得像马蹄儿声响一样。她们可真是又忙碌又闲散啊！心眼儿里羡慕她们的，称赞她们是凤凰。无所谓的，只是说一声："这一群姑娘。"而那些嫌她们永远笑不完讲不完的人，却说她们是一群麻雀。她们在星期六的晚上，本来都着上了鲜艳的衣裳。但是，暮色这时候把那斑斓的色彩淹没了。只有笑声却是淹没不了的，而且越飞越高了。

在暮色里，一只花尾渡船驶过江面。这是从另外一个镇上驶往广州的。船上的灯光再一次把江水照亮，船上的广播再一次给珠江增添声响。船一过，就七点了。傍晚过去了，暮色越来越重了。夜来了。

然而，坐在水台或屋顶乘凉的人却不肯回到屋里去。这时候，月亮从江上涌了出来，风从江上刮了过来，一张旧藤躺椅、一壶山茶、一把破葵扇，为了贪恋这江风月色、笑语歌声，他们不挨到月上中天、风凉水冷，是谁也不肯回到屋子里去的。

一九六一年八月四日于市桥

大海

早晨，一醒来，睁开眼睛就看见万里无边的大海了。

是你，这样辽阔，这样深邃，这样激越，这样自由。

我们是阔别了十几年的老朋友了。没错，你一切还都是老样子。

昨天夜里，你把我从梦中摇醒了，你为什么发怒呢？你想把我们的船掀翻吗？你想把我们的船吹出它们的航线吗？你想把我们吹到一座遥远的荒山上去做鲁滨逊吗？

不，也许你想把我的小房舱的门扉敲打开来做客人吧？你敲打着，用你的特有的规律的声响，用你千万只白色的手掌。你是那样的执拗，你是那样的不肯罢休，还是以前那样的老脾气啊！

我正在做陆地上的梦呢，你就来了。你把我的茶杯从茶几上摇落；你把我的衣服从衣架上摇落；

你也想把我从我的床上摇落吧？嘿，你未免太没礼貌了。

我从床上起来，趴在窗口，掀起窗帘，往外看你。你浴在月光下面，像万条银蛇，飞舞奔窜；你把你珍珠一样的水粒摇到舱面上来。我多么想打开窗子，打开门扉，走出去，站在月光下，和你会晤（wù）啊！可是，你在发脾气，摇得我的心紧紧的，我只能在房舱里小声儿、无限深情地向你说一声："啊，我们又重逢了！"

海，我的老朋友！你使我想起很多事情。你使我想起了我的充满了屈辱和愤怒的苦难的过去。

十几年前，我才十几岁，我跟着老板航行在你的怀抱里，到一个半岛上去求生存，去找出路。他坐在头等舱里，而把我像货物一样，放在甲板上的布棚下。我还记得，在船靠上一个口岸时，一个老

88

父亲带着一个小姑娘到船上来卖唱。老父亲拉着凄厉的胡琴，小姑娘用颤抖的声音在唱："昨夜晚，吃酒醉，和衣而卧……"她的年龄多么像我的年龄啊，她的声音里的"泪"多么像我眼里的泪啊！我不知道为什么竟失声地哭了起来，哭得那样悲哀，那样不能抑止。我在哭什么呢？我在哭我的遭遇吧，我在哭我的渺茫的前途吧，我在哭我远离开的母亲和故乡吧，也许在我的小小心灵里，在哭祖国的贫困和人民不幸的命运！

在船上，成天落着雨。你为什么那么无情，总是用冰冷的手把带咸味的水掀到甲板上来？我的衣服被打湿了，就连头发也湿淋淋的了。可是头等舱里，灯红酒绿，乐声悠扬，那些紫铜栏杆，擦得锃（zèng）明瓦亮的。门关得紧紧的。他们不肯打开门，怕的是我们的脏鞋弄脏了蜡油打得泛光的地板。嘿，我的老朋友，就在你身旁我上了人生的第一课，我的心里生长出阶级的仇恨。

我又想起我的另一次航行。那时候，民族解放的烽火燃烧起来了，我再不能忍耐那奴隶一样的生活。于是，我出走了。我要通过敌占区，到自由的解放天地里去。我曾激昂地想过：或者是把生命的意义提到最高度；或者是把生命贡献出来，为了祖国，也为了我自己。因此，我又一次航行在你的怀抱里了。

我们几个人睡在一条船的货舱的铁板上，大家睡不着的时候就谈着各种各样使人气愤又使人警惕的事。有人说：当船靠岸时，鬼子们叫人站成一个圆圈，机关枪对准人们。因为一个人带了一把割纸的小刀，他们怀疑这些上岸的人有"阴谋"，用机关枪把这些人统统给扫射死了，尸首扔在海里。有人说：有一个青年人因为带着一支钢笔，被认为有"危险思想"，被装在麻袋里扔到海里。我忍受不了这种窒（zhì）息，好像有什么东西在我心里燃烧，于是我总是跑到甲板上去看你，去看你自由的浪花，去看你磅（páng）礴（bó）的气魄。有时候，不管风吹，不管雨淋，我看着你，我思索着。我说："海啊，叫我们的国家，叫我们的民族，也像你一样地自由吧！"

在船只驶入港岸以前，我把带在身边的几本《文艺阵地》统统地撕成一条条，扔在你的怀里。我把它们撕成一只只的海鸥，然后又一只只地放出去。我心里说：飞吧，这些自由的思想，像海鸥一样地飞吧，飞到每一个中国人的心里去。

当我看到鬼子兵在岸上架着机关枪等着检查时，我上岸了。海，我的老朋友，你知道我当时多么深情地向你做了最后的一瞥。我心里想：也许是最后一次看见海了。

但是，我们今天又重逢了。当我听到你的呼啸，看到了你的容貌时，我是多么激动啊！于是，我不能不想起那痛苦的过去。这，正是因为我们的祖国早已经像你一样地自由了，而且在一日千里地向着更高峰推进了。而我呢，我今天是要去拜访那些新建立起来的港口，去拜访那摆脱了悲惨命运的渔民。我要歌颂他们。普希金没有歌颂过他们，海涅没有歌颂过他们，朗弗罗也没有歌颂过他们。因为他们的天才没有办法超越时代。

朝阳从你和天空的缝隙中钻出来了，它照红了船，照红了你的波浪。多少人带着惊奇而又欢愉的神情来看这海上的日出啊！他们赞美着，他们欢呼着，一支熟悉的歌，唱起来了，先是孩子唱，然后大人跟着唱，最后就成了大合唱了。《东方红》的歌声响彻云霄。

但是，你为什么老是不安静，老是这样的吵来吵去？是不耐烦我唠唠叨叨的叙说吗？那么，你讲吧，温柔一点儿，我的老朋友，在这美妙的时刻，不要讲过去的悲惨，只讲今天的欢乐。

一九五七年四月十五日南海上

赶海

那天，我们由海门公社的莲花峰下来以后，便到外四大队去看他们的防风林带。

防风林带还没有看到，但早已闻到了海的气息。海的咸腥、风的强劲，一下子就使人意识到这里已是海的边沿。但却听不到海的喧嚣，看不到海的踪影，只是脚下踩的是咯吱咯吱的沙子。

转过了一个大土坝。放眼望去，一片苍绿，好整齐的一排防风林带。海风把它们吹得有点儿弯下头来。但是，它们每一棵的树身却都是直挺挺的，绝没有任何屈服的味道。相反地，它们把头弯下来，倒很像身怀绝技的能人，在对手面前，毫不傲慢，而是很有分寸、很有礼貌地进行邀请。它们正微笑着向大海寒暄（xuān）："请吧，那我们就较量较量吧。"

那结果，当然是防风林带把大海战胜了。

我们脚下，就是一片又一片的花生，一垄又一垄的绿豆，它们无尽无休地生长着，无忧无虑地生长着，欣欣向荣地生长着。不简单哪！假如说，你在一片肥沃的土地上看到了这样的花生和绿豆，也可能视为平常，甚至于嫌弃它，认为它们长得还不够茂盛。但是，在这里，在几年前还是一片海滩的地带，现在却看到了这一片葱茏，那除了赞叹之外，就再没有什么话好说了。

同行的老范跟我说："这得感谢防风林带。这就是木麻黄。"

说话之间，我们已走到木麻黄的跟前。我仔细地观察它们：褐色的树干，苍绿的树枝。一色都是酒杯口那么粗的树干，不动声色地牢牢地站在沙滩上，迎着海风的袭击，维护着它们身后一片葱绿的生物。看起来，它们平凡极了，身量既不高大，颜色又不鲜艳（它们的苍绿带点儿土意），有的正在开花，但花却是米黄色的、赭（zhě）红色的。就连花的颜色也显得风尘仆仆，所以一眼望上去，简直还有点儿寒碜。但是，就是它们，却把大海挡住了。不，哪里只是挡住，你看它们一排排地站在那里，只向前进不往后退的样子，简直是要把大海驱逐到它的"老家"去了。

我们穿过了这一片木麻黄林。脚下又是一片葱绿，又是一片又一片的花生，又是一垄又一垄的绿豆。这些作物，在前面又一片木麻黄林的卫护下，无尽无休地、无忧无虑地、欣欣向荣地生长着。

我禁不住喊了出来："好一片防风林带……"

我们一直行过了五片这样的林子，每个人都已经有点儿气喘吁吁，而且一条比一条深的水流拦住我们的去路，我们都要赤起双足，挽高裤脚才行得过去的时候，仍旧看不见海的影子。明明是头上已有海鸥飞翔，耳边已有海的喧嚣，但眼前仍是一片葱绿，仍是一片又一片的花生，一垄又一垄的绿豆。花生和绿豆的尽头处，仍是一片木麻黄林……这到底有多大啊！

海门公社的党委书记大概看出我们的疑问来，所以才跟我们说："外四这一片一共是七千多亩。过去这七千多亩是一片白烁烁的沙滩，海潮一涨，沙滩就变成海。几年前，我们说：'咱们来个赶海运动吧。把海赶走，把沙滩种上东西。'当时外四乡的支部从外地运来了木麻黄。但是，老百姓谁肯种呢？他们说：'共产党异想天开了。在大海身边栽树！'可是，支部书记带头就在前面栽上了第一片木麻黄。接着，一个赶海运动搞开了。人们不分昼夜、不管风吹雨淋，把木麻黄一片片地栽起来。你们看，它们现在长得多茂盛。它们是这七千多亩防风林带的老祖宗。"

我们顺着他的手望去，可不是嘛！那一片木麻黄林果然长得青苍苍、黑黝黝的，繁密极了，茂盛极了。而且比我们已经走过的那几片高大许多，粗壮许多。

及至我们穿过这一片茂密的林子，放眼一望，眼前一片开阔。接着是一片惊呼："看见海了！"尽管脚下还有一排排整齐的幼林，但是可以想见，当初栽种这第一片木麻黄林的人们的毅力。他们不把它栽到离海远一点儿的地方，也不把它栽到避风一点儿的地方，却偏偏把它栽在海的边沿地带。他们要把这七千多亩大沙滩变成绿洲，这才敢于向大海挑战，向狂风挑战，向大自然一切看起来不可战胜的东西挑战。

那结果：当然是战胜了一切！

当我们走进紧紧靠近大海的幼林里的时候，看到有一些幼小的木麻黄已经枯了半截，我们不禁为这些幼小者担起心来。其中有一位同志竟产生了一种怜悯的情绪，他说："这些树苗实在是太幼小了。你看它们一无依靠，二无遮拦，天天挨着风吹浪打，怎么能受得了呢！"他的话音刚落，一位同志哈哈大笑了起来："您真是杞（qǐ）人忧天。岂不知木麻黄有个绰号叫'五不怕'？它一不怕风，二不怕咸，三不怕沙，四不怕虫，五不怕旱。"

怪不得它能在海的边沿生长，怪不得它能在沙砾上立脚，怪不得它敢于向桀（jié）骜（ào）难驯的大海挑战！

走完了这一片宽广的幼林，一路斜坡下去，沙滩尽头就是汪洋无际的大海了。我们站在大海的身边。只见它和天连接在一起，和风纠结成一气。海浪一层紧跟着一层，杀不退，斩不绝，向着沙滩冲击，冲击上来，又退落下去，冲击上来，又退落下去。它那种执拗顽强的精神，它那种百折不挠的干劲，看起来真有点儿令人心服、令人敬佩。

但是，它今天的冲击，却丝毫也难以得逞。这位向来不知道什么是屈服的巨人，不断地冲击，不断地退落，逐渐竟变得一筹（chóu）莫展了。尽管它的涛声震耳，尽管它的声势煊（xuān）赫（hè），在往日我也许会为它写四行诗句，为它唱一曲高歌，但是，在今天，我却一点儿这种情绪也没有。

正在这个时候，老范猛地一拍我的肩头。我回过头来一看，他指着那一眼望不断的木麻黄林问我道："你看，这像什么？"

我仔细看来，只见那青苍苍、黑黝黝，一片又一片的木麻黄林，神气飞扬地，无所畏惧地，正向着这大海的方向赶来。那些长长的树枝本来是被海风吹得向里弯的，这时候，不知怎么一下子变得好像都向着这大海挥来。它们像骑着骏马，扬着神鞭，排山倒海地向大海追将过来。我忙着回答老范：

"这多像一支支赶海的神鞭！我们应该写一百

首、一千首诗来赞美它们！"

　　"对！我赞成你的比喻。我赞成你写一百首、一千首诗来赞美木麻黄，来赞美这赶海的神鞭。可是，我还要提醒你，你应该准备更多的笔墨，要写一万首、十万首诗来赞美种木麻黄的人们，来赞美这手执神鞭追赶大海的大勇士们。因为，只有他们，才能使木麻黄获得生命，才能使大海终于退却。"

我深受感动，忘记了回答。我们站在那里，望望海，又望望木麻黄。沙滩上留下来一拉溜①清晰的脚印。直到我们走得很远了，我忽生遐想。我想：连我们那些脚印，大海也不会把它冲掉了。过了多少年以后，有人就会指着这些脚印说："这是一群穿过了六七片木麻黄林，到这里来看海的人的脚印。他们刚刚走掉，大海正要把他们的脚印吞噬（shì），但是，木麻黄却抢先生长了出来。大海给吓跑了。"

　　我们的人，在我们的时代，正在创造着多么伟大的历史啊！

一九六一年四月于梅花村

---

①一拉溜：方言。一排；一行。

无言

　　我有个很糟糕的毛病——常常在天还没亮的时候醒来。睡不着，有时候就合着眼睛东想西想；有时候就索性把台灯打开，继续看昨天晚上没有看完的书。但是，有时候也不愿意想，也不愿意看书，就硬是静静地躺在床上听动静。不料，听久了竟听出一些"故事"来了。

　　我住的地方是郊区，房前房后、马路两旁都长着很多又高又大的树。有柠檬桉树，有凤眼果树，有紫荆树，有凤凰树，有马尾松树，有梧桐树，有棕榈树……这些树有的春天落叶，有的冬天落叶，有的夏天还在落叶。这些树有的春天开花，有的秋天开花，有的冬天还在开花。因此，在马路上，在人行道上，每到了黄昏，常常是铺满了落叶或落花。尤其是夏秋之间，暴风疾雨多，一阵风雨，落叶和落花就更多了。但是，每天早晨，不管是马路上，还是人行道上，都是干干净净的。好像是只有这样干净，才能迎接这早晨的阳光，才能迎接这晨起去工作的人们的脚步似的。才搬到这里来住的时候，我没有注意到这些细节，及至注意到了，也司空见惯了，认为这是一种"必然的现象"。

这是在我有了那个糟糕的毛病以后，静静地躺在床上听到的。我听到一种"呼啦呼啦"的声音。这声音，那么有力，那么有节奏，也不紧，也不慢，随着风声一路送到耳朵里来。第一次，我在窗前站了足足有一刻钟，也没有把声音的来源找到。第二次，我才找到了。原来是一对年老的夫妇（这是我后来打听来的），各自拿着一把大扫帚在扫这一天一夜落下来的落叶和落花。他们各自占据着马路的一边，沉默着，一扫帚一扫帚地扫向前去。扫到一定程度，就把这落叶和落花收在身后一个木车的箱子里去。天还黑，我看不见他们的面容，但是，我却看到他们那高大的身影。在他们扫过的地方，我看见一条干干净净闪着青光的马路，它在等着初升的太阳，等着晨起工作的人们的脚步。看着那干干净净闪着青光的马路时，不知为什么，我心里感动极了。我很想跑下楼去，握一握那老夫妇的手，拍一拍那老夫妇的肩膀，表示一下我的敬意，表示一下我的感谢。但是，我没有去，因为这毕竟太唐突了。

此后，不管是刮风或者下雨，只要是我在天还未亮的时候醒来，就一定能听见那"呼啦呼啦"的声音，而且总是那么有力，那么有节奏。风声遮不住，雨声也遮不住。有一次，雨下得实在大了，醒来后我就倾耳听那"呼啦呼啦"的声音，听了好久没有听到。我的心刚刚安下来，忽然间，那有力而又有节奏的声音，一下子冲破了雨声又送到我的耳朵里来。我忙穿上木屐到窗前去看。雨大，窗门又关着，看不清楚。但是，隔了一会儿，我终于看到这一对老夫妇了，他们各自穿着一身连帽的蓝雨衣，拿着扫帚，仍自不慌不忙地扫着。这天早晨，雨停了，天晴了，太阳也出来了，阳光照着那干干净净闪着青光的马路，我骑着单车到办公室去，一路上感激着、兴奋着、想着。

我住的房子的隔壁是一所幼儿园。一到夜晚，除了偶尔的孩子的哭声以外，本来是很清静的，什么声音也没有的。但是，忘记了是哪一天了，也是在天未亮而我又醒了的时候，我听到了隔壁凳子跌倒的声音。我从床头的窗子望过去，发现幼儿园的游艺室里灯光亮着。再仔细望去，一位梳着两条长长辫子的姑娘在聚精会神地擦窗玻璃。刚才凳子响，大概是她一时粗心，把凳子碰倒了。再望的时候，她已经把玻璃擦完，正在细心地擦那拦住窗户、漆成绿色的小栅栏。她擦得那么经心，连窗外晨鸟飞鸣的声音都没有听到。然后又是擦地板，然后又是擦那些绿色的小桌椅，然后又是擦那些逗人爱逗人笑的各式各样的玩具。她不断地提起水桶去换水，她的举动是那么轻（轻得像天边的云彩），一点儿声息也不做出来，怕惊醒了酣睡着的小朋友们。这时候，天气还是怪寒冷的，但是，她在频频地用自己的袖子抹额上的汗，而且就在她抹汗的时候，我看清了她的脸，那么年轻，那么稚气，然而又拢满了笑意，充满了责任感。当她把游艺室打扫完，拾掇（duō）得干干净净的时候，我看见她忙不迭地跑到厨房里去了。这时候，厨房里响着噼噼啪啪的烧柴声、咔嚓咔嚓的切菜声，她去帮助炊事员给小朋友们弄早餐去了。

早晨，跟着阳光一齐闯进我的房间来的，就是隔壁孩子们的欢笑声、歌声，向阿姨、老师问早声。我看见孩子们在小饭堂吃饭，我看见孩子们在游艺室里玩耍。有时候，他们玩得不耐烦了，就攀着绿竹子的栅栏往我的房间望。他们的脸都是又红又胖的，他们的脸都是笑着的。他们的声音都像快乐的鸟雀一般。当我正为一个问题闹得心烦意乱时，看见这些绿栅栏后面孩子们的笑脸，一下子就豁然开朗了。但是，自从我看见那姑娘天天在天未亮时默默地工作后，我的心在豁然开朗的同时，总觉得有点儿别的东西依附了上去：很有分量的，很惹人深思的。后来，我在天未亮的时候，也仔细地听隔壁擦窗户、擦地板的声音，但无论如何也听不到。这也没有关系，因为我只要一抬头看见隔壁窗子射过来的灯光，我就知道那姑娘又在打扫、拾掇这白天是孩子们的乐园的游艺室了。有一次，我看到换了另外一位姑娘，那脸上流露出来的青春、稚气、笑意、责任感，和以前那位姑娘一模一样。只是她没有梳辫子，短而厚的头发，把脸色陪衬得更深沉一点儿而已。

我住的地方有一段马路是用石子铺的。也是在天未亮的时候，我总听见咯噔咯噔的一辆单车响，然后是咣啷咣啷瓶子相击响，但是响得也都是那么轻，好像有个机关控制着这响声似的，只有倾耳听时才听得到。以前，虽然听到了，也就过去了，不以为意。直到去年秋天，湄儿出麻疹，出医院后仍旧孱（chán）弱，因此我订了一份牛奶。也忘记了是哪一次了，我站在窗前看扫落叶的那一对老夫妇，忽然咯噔咯噔的单车响起来了，接着我就看见一位壮年汉子骑着单车过来。单车尾巴上，左右挂着两个大布袋，大布袋里巧妙地放着一瓶一瓶的牛奶。牛奶瓶上的纸盖是白色的，大布袋是灰色的，在雾蒙蒙的晨熹（xī）里望去，活像是无数朵白色的莲花在他身后开。他到了一家门口，轻轻地把单车放好，轻轻地把奶瓶塞在门洞里，又轻轻地把空奶瓶子放回布袋里去。他做得这么轻、这么快，像是怕把别人吵醒，又像是怕误了别人的时间。然后，他才小心翼翼地看清道路，推着单车到第二家去。

　　我的一位朋友，身体很差，所以他长期地订牛奶。有一天，他无限感慨地对我说："你是写文章的，你应该写一篇《送牛奶的人》。你看他们工作得多好，多实际。在别人都睡着的时候，他们就起身了，在奶厂里装好奶，骑着车子送到订户家里来。起个大早还不说，在路上还要特别小心，一不小心，摔倒了就不是玩的。天好还不说，碰上大风大雨，那就更要吃苦，更要小心了。我们一年三百六十天吃牛奶，但是有多少人想到这送牛奶的人的辛勤啊。这还不说，他们做了这么多工作，可是一句话也不向服务对象说。岂但不说，我们想感谢他们一番都不容易。有一次，我看到他到我门口，我赶着跑下去，想看一看他到底是怎样的一个人，想向他道一声谢，但是，还是没有赶上。只看见了他一个背影，是一个强壮的汉子。试想想：我们有些写文章的人，有时候像是拿笔往水上写，但总还是显出一种声势来。还有一些不务实际的人，工作没做多少，先呱啦呱啦叫起来了。这些人，都该向这送牛奶的学习。所以我劝你写一篇《送牛奶的人》的文章。"我听了笑了起来，说："把你的话记下来就是一篇文章了，我给你当记录吧。"

但是，说实在的，这位朋友的话确是触动了我的。由于我没有亲身体会，所以一直不敢写。自从湄儿订了牛奶以后，天天早晨两眼一睁开，就吵着："喝牛奶，喝牛奶。"我们就跑下楼去，到门洞里一摸，一瓶冰凉的牛奶就到手了。忙着把它煮滚，加糖；看着湄儿贪婪地把它喝下去，喝到最后，仰起脖子一个奶珠儿也不剩。有时候，我就忽然想起那位朋友的一席话，心里边一亮。接着就想起那扫落叶的老夫妇，打扫、拾掇游艺室的姑娘，也想起那干干净净闪着青光的马路，想起那绿竹栅栏窗口孩子们的笑脸。而且不知道怎么一来，把这些事竟都连在一起了。于是，就写了这篇文章。

文章写好了，还没有题目。《送牛奶的人》不能用了，因为我已经扩大了它。想起司马迁写《李将军列传》时借用的"桃李不言，下自成蹊（xī）"两句话，因而冠上了"无言"两字。我认为，用这个意思来歌颂那些沉默着，扎扎实实、点点滴滴做工作的人，是很合适的。

一九六二年三月十九日于大石小楼

桥的联想

　　这次到武汉，住在武昌东湖的旁边。打开住处的窗子一望，就是一片浩渺的湖水。近处是堤岸和刚刚转青的柳树。每天早晨或黄昏，我和老史都喜欢站在窗子前面，凭眺这别有情致的湖景。有一天，老史忽然对堤岸和堤岸之间的一座桥发生了兴趣。那本来是一座普普通通的拱桥，没有颜色，没有装饰，坐落在两个堤岸之间，把两岸连在了一起。正因为它太普通、太一般，开始的两天我们竟没有注意到它。老史是学哲学、好深思熟虑的人，一天早晨，这桥竟引起了他很多联想，惹起了很多有意思的话题。

　　他说："我最爱桥，而且总是由桥联想起很多事。你看那桥的样子，它两边脚踏实地，踏踏实实的，弓着腰，一句话也不说，把人们从此岸渡到彼岸。一看到桥，我就想到那些埋头苦干（也是一句话也不说）、做着平凡又有意义的工作的人。有人说，做桥就要做那长长的桥，短桥没意思。其实，也不然。我小时候住在珠江三角洲的水网地带。只有住在那里的人，才知道过渡的麻烦。有时候，船在对岸，你要卷起手筒喊老半天话；有时候，风太大，不行船。那时候真是'关山难度，咫尺天涯'。如果有一座桥呢，哪怕是用竹筒或杉木搭的桥呢，就再不用焦心渡船靠在哪边，也再不用担心风大浪高，只要踩在上边就可以过去了。所以，不管是一种什么样的桥，也不管是长桥还是短桥，我总是对它们有着一种感激而又尊重的感情。正像我对那些在不同的岗位上，不论昼夜，辛辛苦苦，埋头为祖国工作的人们的感情一样。"

老史说到这里，我们怀念起一位故去的学者来。他一生勤奋不息，数十年如一日，为党工作。他把自己的学术论文集题名为《便桥集》。他的愿望是使读者通过这些"便桥"，迈向马克思列宁主义的岸边。但是，他又是那么谦虚、那么平易，他说他这些文章只是一些"便桥"，有了更好的桥以后，这"便桥"就可以随时拆掉、随时弃置。一想到这里，他的声音、他的笑貌、他的伏案埋头工作的情景，又都浮在我们的面前。不知怎么一来，我们窗前东湖边上的小桥也竟像有了生命，焕发出光彩，向我们叙说着些什么了。

因为工作的关系，我们常常要由武昌到汉口去。每去一次，就要来回过两趟长江大桥。谁没有被这座桥迷住过，谁没有被这座桥感动过，谁走过这座桥时心里不默念着祖国，想起"伟大"这两个字！即使走一千回，我们的心里还总是塞满着这种感情。我知道，一分也不会减少。有时候，我们是早晨从桥上过。朝日初升，把一条浩荡的长江抹上一层浅紫，那两岸鳞次栉（zhì）比的楼房，那江上千万的船只，都抹上一层淡红，而这浅紫淡红又都罩在一层轻纱似的雾霭（ǎi）里面。车在桥上疾驶而过，真像是在碧空的天桥上游行。有时候，我们夜很深才回来，我常常先被那两排珍珠似的路灯迷住。说也怪，我总是无端地把它和首都长安街上的灯火、天安门前的灯火联系起来。其实，这有什么可怪的，它们之间的联系，不是最密切、最自然的

吗？这时候，俯视江上和江的两岸，只见万家灯火，活像数不清的坠在半空中的星辰，满心落在童话的境界里。

老史总是在我浮想得无涯无际的时候，撞一撞我的肩膀，然后问我想什么。我回答他什么也没想。他只是笑，像是一眼就看穿了我心里的秘密。隔了一会儿，他跟我说："我也在想事情。我想解放战争期间，我们大军南下，每到一条河边，工程部队就已经为我们搭起了一座桥。有时候，工程部队刚刚启程，他们大概修好了桥，连休息也没有休息一会儿，那烧火的木头还没有熄灭，那饭焦的气息和弹药味还没有完全消散，他们就又去修另一座桥了。刚修好的桥，跟这些修桥的人一样，还没站定脚跟呢，就担负起历史的任务，我们的人马就从上边轰轰隆隆地走过去。那真是一座一座通向胜利、走向胜利的桥。不知道为什么，一想到全中国的解放，一想到社会主义建设，就总回忆起这些桥和这些造桥的人们，而且当时那冒烟的木头、带火药味和饭焦味的空气，又浮现、弥漫在我的眼前。"

看得出来，老史完全沉浸在战火纷飞的回忆中了。我被感动着，并且想：这回忆对我们可真有好处。及至车子早已经过了大桥，转一个弯，行驶在近乎郊区的道路上时，老史才从回忆中走出来。但是，他还没有从桥的联想里走出来。他说："真是从胜利走向胜利。我认识好多工程部队的同志，全国一解放，他们马不停蹄就都转业来修社会主义的大桥了。这十几年，我们的生活可够安静的。但是，他们却从一个工地转到另一个工地，十几年如

114

一日，一直过着工地的生活。有一位老战友从桥梁工地上写信给我，告诉我，他们的生活的确是比较艰苦的，但是，当他们亲眼看到自己修起来的大桥落成，想到日后这里将有多少车马从桥上通过，想到这桥将要为社会主义建设增加多少速度、节约多少人力物力，心里边真快乐。当他们从一个工地转到另一个工地时，他们的心情，完全跟解放战争后期从一个胜利转到另一个胜利时的心情一样。不过，桥越修越大了，胜利也越来越大了，心里的快乐也越来越大了。他还告诉了我一个修桥的总工程师的志愿。他说，这位工程师的头发早已斑白，十几年来，他参加了我国两座最大桥梁的修建，跟年轻的人们一样，从一个工地转向另一个工地，从来不知疲倦，从来没想过什么是安逸。有人问他的理想是什么，他回答说，这一辈子能再给祖国修几座大桥，就是他的理想。这理想，乍听起来，多平凡，但仔细一想，又多伟大啊，因为它是跟我们灿烂的前途连在一起的。一想到他们日夜辗转在泥泞的工地之间，这理想，该多值得人尊敬啊！……"

车子到了住所，这才把老史的话打断。因为听了老史的话，我夜里睡不着，联想起很多事情来。好容易睡着了，梦里也尽是各种各样的桥，尽是满脸流汗、满身泥污的修桥的人。在梦里，我梦到我也加入到修桥的行列里去。

　　自从那晚上一席话后，每天早晨我们一起来，拉开窗帘，打开窗子，第一眼就要先看看那座普普通通的桥，好像那桥一天比一天长，一天比一天高，一天比一天美丽。有一天，一位朋友一早就来看我们，看见我们站在窗子前看风景，很抱歉地说："湖北这时候还是萧瑟季节，比不上广东，正是万紫千红，大树上还开花呢。"我们连忙否定，说："哪里，哪里。你看这座桥。这里的风景好极了！"他一时摸不着头脑，只是向着我们笑。

一九六三年三月十二日于北京东城

作家和你面对面

我的散文创作

我想起一九五七年春夏之间的一次航行。那是乘海轮从广州到湛江去。夜里，我被风浪惊醒。从窗户看着那咆哮如雷的大海，再也难以入睡。想起在二十年以前，我还是十几岁的一个孩子，为了生活，跟着一个商店的老板乘船到一个岛上去。那时候，心里充满愁苦，眼里噙满泪花。二十年过去了，自己进步不大，但是，我们的国家可来了一个天翻地覆的大变化，我们的人民可真正翻身了。又想起，我们这满船的人，都是为社会主义社会的建设奔波、忙碌，而自己也是他们中间的一员，可真高兴啊。就是在那天天亮时，我听到并且参与了合唱《东方红》，我兴奋极了。于是，不顾风浪的颠簸，不顾睡眠的不足，我趴在餐室兼休息室的桌子上，写了《大海》那篇散文的初稿。那是一点情感上的抒发，一种对于旧社会的仇恨、对于新社会的爱的情感上的抒发。这是我一九四九年后写的第一篇散文。大概编辑同志也是看到了那么一点情感上的火花吧，所以不嫌它的粗糙，竟给刊登了出来。后来，我就连续写了几篇类似的东西。这两年的东西，多是抒发一点感情的。一有所感，即刻成篇，很少在脑子里多揣摩些时候、多思考些时候的。

一九六〇年到一九六三年，我有机会到广东各个地区去，接触到各方面的人物，我亲眼看到、亲耳听到我们的国家在党的领导、群众的艰苦奋斗下，怎样改变了它以前贫困、荒凉的面貌；同时，我也有机会比较长期地住在番禺县①一两个公社里，我在那里亲身领略了珠江三角洲的风土人情，也亲身领略了那里的人们是怎样地改变着自然的面貌，同时也改变着自己的精神面貌。这时候，光是感

---

①番禺县：今番禺区。

情上的一点抒发已远远不能担负我想要透露个中消息的任务，于是我又读书，又向那些散文名家们学习。我学会了一点描绘，也学会了一点刻画。我那时候仍旧是一路看，一路想，一路写，像是一个急于赶路、在中途绝不肯停息下来的旅客。我写得那么匆忙，那么粗糙。

那么，怎样写得更好一些呢？前些日子，一位我所尊敬的年长的同志指出了我的散文缺乏思想的深度。我知道这指点的分量。我觉得，一篇文章的思想深度，首先在于作者对他所描写的事物理解的深度。对事物的理解，要像毛主席在《实践论》里所说的："不是事物的各个片面，不是它们的外部联系，而是抓着了事物的本质，事物的全体，事物的内部联系了。"一篇几千字的散文，要求把所描写的事物的本质、全体、内部联系都表现出来，也可能有些困难。但是，一篇有思想深度的散文，总是不该只停留在对事物表面上的描写的。

当然，答案绝不止这些。但即使就仅是这些，要解决得好，答得及格，也是要付出很大劳动甚至是毕生精力的。

一九六四年七月七日

深夜改毕于梅花村

编 后

本书是配合义务教育教科书语文三年级上册选编的，目的是增加学生阅读兴趣，提高学生阅读能力。

《义务教育语文课程标准（2022年版）》明确提出："倡导少做题、多读书、好读书、读好书、读整本书，注重阅读引导，培养读书兴趣，提高读书品位。"

语文教材中选用了一些作家的作品作为课文，这些课文受到学生的喜爱。"课文作家作品系列"让学生学完课文后，延伸阅读该作家的其他文章，是拓展阅读面、扩大阅读量的重要方式。编者根据中小学低、中、高年级不同学段的阅读能力和阅读要求，精心选择文章，按照难易程度排列。低年级全文注音，中高年级难字注音，方便学生自主阅读。

每本书后还编排了"作家和你面对面"的内容，让学生了解作家的经历和创作，学习读写的方法，也为教学提供背景资料。

走近作家，爱上阅读！

编者

2024年6月